メディアワークス文庫

皇帝廟の花嫁探し
～就職試験は毒茶葉とともに～

藤乃早雪

目　次

プロローグ

「ごめんねぇ、ウチは女の子を雇う気はないのよ」

「私、ずっと畑の手伝いをしていて力もありますし、健康です！　男の人に負けないくらい働きますからどうかお願いします！」

「そんなに働きたいのなら、お嫁に行くまでどこかのお家のお手伝いでもしたら？　それじゃ、仕事探し頑張ってね」

大きな酒屋のおかみさんはそう言い残し、店の奥に引っ込んでしまう。雨蘭はその場でがくりと項垂れた。

「ああ……また駄目だった……」

何軒回っただろう。とっくに手足の指では足りないほどお願いをして、全て断られている。

ここ奉江国は平和な国だ。雨蘭の知る限り、この十数年は隣国と戦をしたこともなければ、内乱が起きたこともない。都と地方を行き来する行商人も「国政が安定していて景気が良い」と言っていた。

都に出ればいくらでも良い仕事が見つかると思っていたが、考えが甘かったようだ。

（まさかこれほどまでに仕事が見つからないとは。嫁に行くのが女の仕事、というのが都の常識なのね）

家事見習いとしてなら雇ってくれるところもあったが、どこも雀の涙ほどのお給金しか出してくれない。

嫁入り前の修行をしたい、少しでも家計の足しにしたい、というのならそれでも良いかもしれないが、雨蘭の場合は事情が異なる。

（このままでは兄さんに薬を買うどころか、食べていくことすらできない）

父親が急逝し、ついには兄まで病に倒れてしまった。田舎に残っているのは目の悪い母親と、今年十八になる雨蘭、齢十にも満たない幼い弟妹だけである。

母は家のことであればなんとかこなせるが、外に出て働くのは難しい。兄なしでこれまで通り畑を続けていくのは無理なので、雨蘭は他の仕事で家族を養えるだけ稼ぐ必要があった。

早朝、家を出た時の元気はどこへやら。雨蘭は地面を見ながらとぼとぼ歩く。どうしたものかとしばらく悩んだところで答えは出ず、ついには考えることを止めた。

（元気が取り柄なんだから弱気になっちゃ駄目よ、雨蘭！　地面に仕事が落ちてるわけでもないし、前を向かなくちゃ！）

自らを励まし、勢いよく顔を上げた雨蘭の視界に大きな塊が飛び込んでくる。人だ。

白髪の老人が、地面に手と膝をついて蹲っている。仕事は落ちていなかったが、人が落ちているではないか。

「おじいちゃん、大丈夫ですか？」

雨蘭は躊躇うことなく老人の傍に屈んで声をかける。周りに人はたくさんいるのに、どうして誰も気にかけないのか。都の人間は不思議だ。

「ああ、大丈夫。ありがとう。少し走ったら足が動かなくなってしまった。私も歳をとったものだな」

老人はしっかりとした口調で答えた。意識ははっきりしており、見た限り怪我をしている様子もないようだ。雨蘭は一安心して事情を尋ねることにする。

「走らなければならない急ぎの用事があるのでしょうか？」

「外に出るなと周囲がうるさくてな。こっそり抜け出してきたのだ。まだまだ心は若いものでね」

「良ければ私、目的の場所までおじいちゃんを背負って歩きますよ。それが終わったらお家まで送ります」

雨蘭の祖父は晩年、ふらふらどこかに出かけて迷子になることがあったので、この老人も同じような状況なのだろう。

家の人は心配しているに違いない。しばらく老人に付き合い、満足したところで家まで送り届けようと考える。

「ふむ。それなら桃饅頭の店まで送ってほしい。場所は――」

「ここから南に少し歩いたところですか？」

「そうだ。知っておったか」

雨蘭の言葉に、老人は瞼の垂れた目を見開いた。

「いえ。蓮容餡の甘い匂いが南から漂ってくるので、もしかしてと思いまして」

桃饅頭にも使われる、蓮の実から作られる餡は雨蘭の大好物だ。頭に思い描いただけで口の中が潤う。

「なんと。お嬢さんは稀有な才の持ち主だったか」

「え？　いや、違います。田舎育ちで少し鼻が良いだけですよ」

「……」

田舎者にとっての当たり前が、都の人間には物珍しく映るのだろう。老人はじっと雨蘭を見つめ、仙人のような白い顎鬚をいじっている。

「おじいちゃん？　どうかしました？」

「いや、何でもない。少し考えごとをしていただけだ。さぁ行こう」

雨蘭は老人を背負うと、甘い匂いを辿って歩き出した。この匂いの濃さであれば、四半刻ほど歩けば着くだろう。

「おお、見えてきた。桃の木の隣にある店だ」

「わー！　桃の花が綺麗！」

　小さな飲食屋台が立ち並ぶ通りの一角に、立派な桃の木が立っている。繁華街において異様な雰囲気を放つその木は、丁度満開の花をつけていた。

　桃饅頭の店はその花に隠れてひっそり商いを営んでいる。

「昔よく抜け出して来た思い出の場所でな、春になるとどうしてもここへ来たくなる。一番の目当てはこの店の桃饅頭だがな。ほっほっほ」

　老人は声を上げて笑った。風変わりな笑い方に雨蘭は愉快な気持ちになる。

「本当に良い匂い。きっと美味しいのでしょうね」

「うむ。今まで食べた中で一番美味い桃饅頭だ。どれ、お嬢さんの分と二つくださいな」

　注文すると、恰幅の良い店主が蒸籠からうっすら桃色に染まった饅頭を取り出し、笹の葉にくるんで渡してくれる。

「しまった、銭を持ってくるのを忘れた」

「私、少しなら持ってます。これで足りますか？」

　雨蘭は肩に下げていた布袋から銭を取り出した。

（本当は使いたくないけど、目の前まで来て食べられないなんておじいちゃんが可哀想だし、受け取った饅頭を返すわけにもいかないし、仕方ないよね）

畑でとれた野菜を都の市場で売って得たなけなしのお金だが、どうせ兄の薬を買うには足りない額である。

「ありがとう、後で必ずお返しするよ」

「大丈夫、素敵な場所を教えてもらったお礼です」

無事に支払いを済ませた二人は桃の木の下に並んで座ると、早速熱々の饅頭を頬張った。

「ん～！　美味しい！　頬がとろけそう」

「そうだろう、そうだろう」

「このお店に雇ってもらえたら、毎日美味しい桃饅頭を食べられるかもしれないのに。きっとまた断られるだろうな」

溜め息とともに独り言が漏れる。弱気になるのは良くないと自分に言い聞かせたものの、職が見つからないことはやはり気がかりだ。

「お嬢さんは仕事を探しているのか」

「そうなんです。色々事情がありまして」

雨蘭は仕事を探している経緯と、なかなか良い働き口が見つからないことを説明する。

話を聞いた老人は、顎鬚をいじりながら再び物思いに耽っているようだった。

桃饅頭をあっという間に食べ終えた雨蘭は、しばらく桃の花を見ていたが、行方不明の老人を探しているかもしれない家族のことを思い出す。

「そろそろ帰りましょうか。家まで送ります」

「親切にありがとう。丁度良い具合に迎えが来たようだ」

「えっ？」

老人の視線の先には、街中だというのに馬に乗った男がおり、桃の木へとぐんぐん近づいてくる。迎えとは彼のことらしい。

武人だと感じさせる逞しいその男は、馬を降りると体格に似合わぬ弱々しい声で老人に語りかけた。

「やはりこちらでしたか……」

「いつものことだから慣れたものだろう。それより龍偉や、こちらのお嬢さんにぜひ任せたい仕事がある」

仕事、という言葉を聞いて雨蘭は反射的に跳び上がった。

「お仕事を紹介してもらえるんですか⁉」

「住み込み、食事つき、給金も十分出る将来安泰の仕事だ。今日の礼になるかな？」

「ありがとうございます！　どういったお仕事なのでしょう？　私で大丈夫ですか？

勿論やるからには一生懸命頑張ります！」

前のめりに返事をする雨蘭に、老人は二、三度深く頷いた。

「大変なこともあるだろうが、お嬢さんこそ相応しいのではないかと直感した。きっと上手くいくはずだ」

迎えに来た龍偉という人物は横で何か言いたそうな顔をしていたが、最後まで口を挟むことはなかった。

第一章　目指すは花嫁でなく使用人

一

「あの、こちらは恵徳帝の廟で合っていますか？」

雨蘭は考え得る丁寧な言葉で、屈強な門番に声をかける。男は雨蘭に気づくと顔を顰めた。

「何の用だ。くたびれた花など買わないぞ」

「買っていただくなどとんでもない。これはお供えにと思い、お持ちしたものです」

「お供え？　皇帝陛下はまだご健在だ」

「それでは何故、廟があるのでしょう？」

廟が死者を祀る場所であることは田舎の農民でも流石に知っている。だから雨蘭はお供え用の花を持ってきたのだ。実家の庭から引き抜いて。

門番は眉間の皺をぐっと深め、雨蘭の素朴な疑問に吐き捨てるようにして返す。

「生前に建立しておくことは普通だろう」

「なるほど。都の常識というやつですか」

ここまで来る途中、塀に囲まれた敷地の広大さには驚かされた。流石は皇帝陛下の廟だ。中もさぞ素晴らしい造りなのだろう。確かに死期が近づいてから建て始めるようではとても間に合わない。

(恵徳帝、勝手に死んだことにしてごめんなさい！)

雨蘭は自身の無知を反省するが、今日ここへ来たそもそもの目的は参拝ではない。

「お花は差し上げます。お家の仏壇にでも飾ってください。私、ここへはお仕事のために来たんです」

「仕事？　何の話だ。お前のような田舎者に与える仕事はここにはないぞ。花を持ってさっさと帰れ」

「折角頂いたお仕事なんです！　どうか通してください。紹介状ならここにあります。……何と書かれているかは分かりませんが」

男に菊の花束を押し付けて、雨蘭はくたびれた布袋から書状を取り出す。

「そんなものを何故お前が持っている。どこかで拾ったのか？」

「お仕事を紹介してくれた方から頂いたんです。それで、何と書かれていますか？」

門番は書状の文字を一瞥すると、首を横に振る。

「俺に読めるわけがないだろ」

「ええ⁉」

これでは紹介状の意味がないと雨蘭は項垂れた。

この紹介状は、老人の使いを名乗る者が雨蘭の家まで届けてくれたものだ。なんと、給料の前払いということで、既に当面の生活費まで受け取ってしまっている。

皇帝陛下のお墓を管理する仕事を紹介された時には驚いたものの、雨蘭のような庶民の方が掃除や雑用には向いているのだろうと深くは考えなかったのだが――。

（私、場所を間違えた？　伝令の人に何度も確かめたから恵徳帝廟で合ってると思うんだけど……こんなことになるなら迎えに来てくれるって話を断らなければ良かった）

ようやく見つけた仕事なのだ。ここで引き下がるわけにはいかないと、雨蘭は家族の顔を思い浮かべて自らを奮い立たせる。

「文字が読める方はいないのですか？　どうか取り次いでください。それまで私はここに居座ります」

「無理だ。諦めて帰れ」

「どうかお願いします！」

雨蘭は勢いよく頭を下げる。使い古した髪結いの紐が切れたようで、天日干しした海藻のように乾いた髪がばさりと顔を覆った、その時。

「何を揉めている」

低い声が背中を刺す。雨蘭が髪の乱れた幽霊のような姿で振り返ると、陰鬱な雰囲気の男が馬上からこちらを見下ろしているではないか。

体の角度から見下ろされていると感じただけで、実際に視線が雨蘭を捉えているかは分からない。何故なら、男の結うには短い黒髪は雨蘭に負けず劣らずの乱れ様で、鬱蒼と伸びた前髪が目元を隠してしまっている。

「明様！　煩くして申し訳ありません。田舎者が中に入りたいと言うので、追い返そうとしていたところです」

「そんな！　私は正式に仕事を紹介されて来たんですよ」

「見せてみろ」

男は馬を降り、雨蘭から奪うようにして書状を手に取る。前髪に覆われたままでも文字を読むことはできるらしい。

明という名の男は平民の服装をしており外見は冴えないが、相応の身分であることは門番の反応からしても、どことなく品のある佇まいからしても明らかだった。

「……」

「どうですか」

大きな溜め息一つして、明は書状をぐしゃりと握りつぶす。雨蘭は思わず「あっ！」と声を上げた。

「これは預かる。中に入れ」

　今すぐ帰れと書状を突き返されると思いきや、彼は雨蘭と門番の横を通り過ぎ、自ら重たそうな押戸を開けて中へと進む。

　ついてこいということだろう。雨蘭は花を持たされ、更に馬まで預けられた門番に軽く会釈をし、小走りに敷地の中へと足を踏み入れた。

「明様、ありがとうございます！」

「煩い。名前を呼ぶな、田舎娘」

「明様、私は雨蘭と申します」

「だから馴(な)れ馴(な)れしく名前を呼ぶなと言っている！」

　話が通じず憤る明をよそに、雨蘭は前方に広がる美しい庭園に目を奪われていた。

　門から入ってしばらく歩いたところには半月型の大きな池があり、鮮やかな色の魚が優雅に泳いでいる。池に食い込むように存在する屋根付きの建物は、高貴な人物が庭園を眺めるための休息所だろう。

　廟と言われたのでお墓と祭壇を想像していたが、雨蘭には噂(うわさ)に聞く宮中に思えた。

「うわぁ、すごい！　廟というより豪邸ですね」

「……」

　明は黙って歩く速度を上げる。雨蘭は石畳の段差に躓(つまず)きそうになりながらも、後を追う。

　途中、幾人かの若い女性とすれ違ったが、皆色鮮やかな美しい衣を纏っており、明を見かけると頭を下げた。

（やっぱりこの人、お偉いさんなのね。若そうに見えて、案外おじさんだったりして）

　敷地に入ってから更に立派な門を二つ抜けると、屋根の高い建物が現れる。

　その屋内は静かでひやりとしており、どうやら知識人たちが仕事をするための場所のようだ。壁で仕切られた部屋がいくつかあり、格子の隙間からぽつんと置かれた執務机が見える。

　広い通路を進んでいくと、牡丹のように爽やかで甘い香りが鼻をかすめる。最奥の部屋には人影があった。どうやら匂いはそこから漂ってきているようだ。

　明は許可を得ることなく足を踏み入れ、熱心に筆を走らせている官服姿の男に声をかける。

「こいつも候補者だとよ」

　部屋の主と目が合った雨蘭は、その美貌と英気を纏った佇まいに、この人こそが主人となる人物であろうと直感した。反射的に頭を下げ、名乗り出る。

「はじめまして、雨蘭と申します。先日出会ったご老人の紹介でこちらに参りました」

　あの老人は本当に話を通してくれているのだろうか。老人の名前すら知らないことに気づいた雨蘭は急に自信をなくし、緊張の面持ちで固まった。

亜麻色の髪をした青年はそんな雨蘭の心情を察してか、手を止め、優しく微笑(ほほえ)む。

「ああ、君が例の子だね。困っているところを助けてくれた優しいお嬢さんだと聞いているよ。僕はこの廟の管理を任されている梁(りゃん)です。よろしく」

＊

（梁様、優しい人だったな。無事にやっていけそうで良かった）

雨蘭は荷解(にほど)きをしながら雇い主であろう人物のことを思い出す。笑顔が爽やかで、気さくな雰囲気の青年だった。

彼への短い挨拶の後は、長く宮仕えをしていたという老婆に部屋へと案内してもらった。狭くて申し訳ありませんと謝罪されたが、雨蘭の家がすっぽり収まりそうなほど広い部屋である。

同室だという女性が既に部屋の三分の二を陣取っているものの、与えられた空間は雨蘭には広すぎて逆に居心地が悪い。

「随分荷物が少ないようだけど、後から送られてくるのかしら？」

部屋の隅からくすくすと笑い声が聞こえてくる。雨蘭から挨拶をした時は無視されたので、これが同室の彼女から初めてかけられた言葉だった。

(綺麗な人だなぁ。荷物からしてお金持ちっぽいし、働く必要はなさそうだけど……)

雨蘭は返事を忘れ、長椅子で優雅にくつろぐ彼女に見惚れた。

「貴女、そのボロ布ひとつ分の荷物で生活するの？　農民の逞しさは素晴らしいわね」

彼女の言う通り、雨蘭が持参したのは小さな布鞄と、家にあった一番大きな布で包んだ最低限の生活用品だけだ。

簡素な寝台と棚、机と椅子は備え付けられていると事前に聞いており、実際その通りだったので特に困ることはない。

「そうですね。逞しさは私の少ない取り柄の一つかもしれません」

「能天気で図太いところも取り柄だと思うわ」

「ありがとうございます、梅花さん」

雨蘭が礼を言うと、彼女は目の下をぴくりと痙攣させた。

「何故私の名前を知っているの？　名乗った覚えはないのだけど」

「部屋まで案内してくれた女性がそう呼んでいたので。違いました？」

「農民ふぜいが、気安く私の名前を呼ばないで！」

どこかで聞いたことのある台詞を吐き、梅花はそっぽを向いてしまう。

そんな彼女をよそに、どの角度から見ても美しい顔だな、と雨蘭はまじまじ観察する。

ぱっちりとしたつり目は猫のよう。艶のある赤みの強い茶色の髪は、彼女の名前によく似合う。

「何見てるのよ」

「この世のものとは思えないくらい綺麗で、まるで天女様みたいですね。ほら、私はこの通り貧相な田舎娘じゃないですか」

農作業のせいで日に焼けた髪は色素が抜け、ぱさぱさに乾いているし、肌は冬を越えてもくすんで見える。食べていくことに精一杯で、生まれてこのかた化粧をして着飾ることなど考えたこともない。

「ふんっ。生まれが違うもの、当たり前よ」

言葉はきついが、容姿を誉められた梅花の頬はうっすら紅く染まっている。

(怖い人かと思ったけど、きっと照れ屋さんなのね。仲良くなれそうで良かった)

「梅花さん、良かったらこれ食べてください」

「なによ、それ」

「庭で採れた無花果です」

雨蘭が梅花の陣地に踏み入ると彼女は眉間に皺を寄せる。小さな実のついた房を故郷のお土産代わりに差し出すと、彼女は更に顔を引き攣らせた。

「それは無花果ではないでしょう。私の知る実はもっと大きいもの」

「ああ、それは熟れた実ですね。これはまだ赤ちゃんなんです。塩につけて食べると美味しいですよ」

「そんなもの、要らないから仕舞って頂戴。それと金輪際私の方へは入って来ないで、穢(けが)らわしい！　どうやって紛れ込んだのか知らないけど、せいぜい恥をかくといいわ」

梅花が雨蘭の手を払った拍子に無花果の房が床に飛んで行く。勿体(もったい)ないので拾って息を吹きかけ、いくつか摘んで頬張った。梅花がその様子を見て「信じられない」と唸(うな)る。

（ちょっと苦いけど、小腹がすいた時とか、眠気覚ましに丁度良いんだよね）

雨蘭は大人しく梅花の陣地を出て、自分の寝台に腰を下ろした。

しばらくじっとしていたが、することもなく、退屈に耐えられなくなった雨蘭は再び梅花に話しかけてみる。

「あの、梅花さんもここへは仕事をするために来たんですよね？」

「はぁ？　何を言ってるの。もしかして、何も知らされてないわけ？」

「皇帝廟を管理する仕事と聞いて来たのですが、もしかして違いましたか？」

「っ、あははは！」

首を傾(かし)げる雨蘭の前で高らかに笑った梅花はそれからすっと真顔になり、冷たい声で言い放った。

「貴女、ここに案内されたのが手違いじゃないか、確認した方が良いわよ。貴女と私が同じ扱いなんておかしいもの」

「そうですね。私も段々おかしい気がしてきました」

仕事として梅花の世話をするならともかく、彼女と対等な立場で暮らすというのは絶対にあり得ないと雨蘭も感じる。

もう一度確認しに行こうと、雨蘭は広げた荷物を元に戻した。纏め終え、部屋から出ようとしたところで老婆とぶつかりそうになる。

「雨蘭様、どちらへ行かれるのですか」

「ここは私の居場所ではなさそうなので、間違いでないか聞きに行こうと思いまして」

「ここで正しいですよ。梅花様、雨蘭様、準備が整いましたので、講堂にお集まりください」

老婆に案内されたのは、宿舎と渡り廊下で繋がる小さな建屋だった。

部屋の中には縦に長い机が鎮座し、雨蘭たちはそれを囲むように座らされる。部屋の前方には皇帝陛下が座るに相応しい立派な椅子が、長机を向く形で設置されていた。

(私、ここに座ってて良いの？ どう考えても場違いなんだけど……)

梅花に恥をかくと言われた意味をようやく理解した。雨蘭の他に長机に座っているのは、刺繍が施された華やかな衣を身に纏った女性ばかりなのである。

そのうち何人かの顔には見覚えがある。明と歩いている時にすれ違った美しい女性たちだ。

うっすらと化粧をした彼女らは、お香の匂いを漂わせながら行儀良く座っていた。

片や雨蘭は布一枚で作られたような庶民着で、日焼けの跡が残る素肌を晒している。

(やっぱり、何かの間違いに違いない。というか、そうだと言ってほしい)

助けを求めて部屋の隅に立つ老婆に視線を向けるが、彼女は小さく会釈をするだけだった。

周りの女性たちからの視線が痛い。何故ここに座っているのだ、お前がいるべきは壁際だろうと冷たい目が物語っている。

目の前に座る梅花は冷や汗をかく雨蘭を見て、口の端を吊り上げて笑っていた。

「あの、私――」

後ろに立たせてもらえないかと申し出ようとしたその時、前方の入口から二人の男が入ってくる。

先ほど挨拶した梁と明だ。明は黒の官服に着替えており、もっさりとした髪はそのままでも、それなりに官僚らしく見えた。

逃げる機会を失った雨蘭だが、女性たちはこぞって梁に熱い視線を向けており、田舎娘のことなど最早眼中にないようだ。

「この廟は先日完成したばかりで、皇帝陛下がご存命のうちは別荘として使用されるご意向です。皆さんに来ていただいたのも陛下の命によるもので、陛下がこちらに御渡りになる際には、協力していただくことになります」

（なるほど、それで人手が要るのね。きっとそれぞれに相応しい仕事があるんだ）

雨蘭は梁の説明に納得した。他の女性たちも梁を見つめながら熱心に頷いている。

田舎出身の雨蘭にはそれなりの裏方業務、美しい彼女らには表に立つ業務が与えられるのだろう。

「普段の生活で何かあった場合には、使用人のまとめ役である楊美に相談してください。明からは何かある？」

梁は後ろに控える老婆を紹介し、それから気怠そうに立つ、陰気な男に話を振る。

「面倒ごとを起こすな、以上」

「もう少し愛想良くしなよ。乗り気じゃないのは分かっているけど、一応補佐役なわけだからそれなりの仕事をしてくれ」

「はいはい」

補佐のくせに態度の悪い男だと誰もが思ったが、梁はよく言い聞かせておくと軽く詫びを入れ、話を続けた。

「こちらから特に指示がない限りは、思い思いに過ごしていただいて構いません。正式に残ってもらうかは、三ヶ月経ったところで決めます」

その一言で、一同に緊張が走る。女性たちは顔を見合わせた。

(ええっ、もしかしてクビになるかもしれないってこと⁉)

雨蘭は目を見開いて、爽やかな笑顔で恐ろしい発言をした主人を凝視する。

「そんなに気負わないで。相性の問題もあるので選ばれなかったからといって落ち込む必要はありません。謝礼は十分に出します」

梁はにこやかな笑顔のまま、何てことないかのように話をつけ加えた。

柔らかな亜麻色の髪に、蜂蜜色をした甘ったるい目。すっきりした鼻に薄い唇。美男子とはまさに彼のことだろう。地味な明が横に立つと、梁の輝きは一層強まる。

その笑顔につい誤魔化されそうになるが、雨蘭は美男子を眺めるためにここへ来たのではない。

(そんな、私はこの先ずっと働けないと困るのに！　あのおじいちゃんは将来安泰の仕事って言ってたけど……そんな甘い話はないってこと⁉　自分の力で頑張らなくちゃ)

雨蘭は「応援していてくださいね」と心の中で白髪の老人に語りかける。先日の職探しの状況からして、機会をもらえただけでもありがたいことなのだ。

「あの、質問してもいいですか？」

雨蘭は小さく手を挙げた。梁はふっと笑って「構わないよ」と返してくれる。

「評価の基準を教えてもらえますか。あと、最終的には何人残れるのでしょう？」

「評価の基準については難しいね。様子を見て、我々が主観的に判断することになってしまうと思う。最終的に残るのは、一人か二人かな。誰も残らない可能性もある」

ざわり。お上品に座っていた女性たちから殺気が放たれるのを感じた。雨蘭は思わず身震いをする。

（ほ、本気だ。皆、誰かを蹴落としてでもこのお仕事に就きたいんだ！　うう、この中で私、やっていけるのかな……）

雨蘭の頭の中で銅鑼が鳴り響く。たった今、戦いの火蓋は切られた。

二

「梅花さん、おはようございます！」

雨蘭は明るく朝の挨拶をする。言いつけを守って彼女の陣地には入らないようにした分、声を張り上げた。

「なに？　何なの？　貴女今何時だと思ってるの？　まだ外、暗いじゃない」

梅花は暗闇の中蠢き、寝ぼけた声で返事をする。まだ鳥も寝ているような早朝なので仕方ないのかもしれない。怒らせることになると想像はついたが、抜け駆けをしたと後から恨まれるのも嫌なので、念のために声をかけてみた。

「朝食作りの手伝いに行こうと思って。梅花さんもどうですか？」

「はぁ……？　そういうのは使用人の仕事でしょう」

「そうかもしれませんが、私たちの人数に対して使用人の割合が少ないと思うんです。自主的に手伝ったら高評価をもらえそうじゃないですか？」

「そう思うのなら一人で行ってきなさいよ。私は行かないから」

梅花は体を起こす素振りすら見せず、寝返りを打って静かになった。どうやら彼女は朝が苦手なようだ。

日が昇る前に起き、日が暮れて真っ暗になったらすぐに寝る生活をしていた雨蘭とは生活時間帯が異なるのだろう。

「分かりました、おやすみなさい。また何か思いついた時は声をかけますね」

足音を立てないように細心の注意を払って部屋を出る。個室が並ぶ廊下は静まり返っており、まだ誰も活動を始めていないようだ。

（ええっと、台所はたぶん宿舎と反対の方向にあるはず）

昨晩は梁の挨拶の後、ささやかな歓迎会と称してその場に豪華な食事が運び込まれた。陛下が訪れることは流石になかったが、梁と明も同じ机を囲んでの晩餐会となり、雨蘭は緊張のあまり食事の味を覚えていない。

覚えているのは女性たちが皆、梁と話す機会を虎視眈々と狙っていたことと、皿を持って忙しなく行ったり来たりを繰り返す使用人のことだけだ。

建立されたばかりなので、集まった候補者に対して人手が足りていないのだろう。

そもそも廟とは死者を祀る場所であり、生者への食事を提供することは主目的ではないのだ。人員を割いてもらえていないのだろうと雨蘭は考えた。

（ここかな）

うっすら漂う匂いを頼りに調理場らしき建物を見つけたが、中はまだ真っ暗で人気がない。張り切りすぎて料理人よりも先に来てしまったらしい。

入り口には錠がかけられていたので、雨蘭は外の草むしりをして待つことにした。

＊

「そこで何をしている」

頭の上から突然降ってきた声に驚いた雨蘭は、慌てて立ち上がると、不機嫌そうな顔をした初老の男に頭を下げた。

「私、昨日から廟に勤めることになった雨蘭と申します。何かお手伝いできることがあればと思って来たのですが、何をすべきか分からなかったのでとりあえず草をむしっていました」

草むしりに夢中で人の気配に気づかなかったが、男の体には様々な食材の匂いが染みついているので、ここの料理人なのだろう。

「手伝いが増えるという話は聞いていないが……」

気難しそうな彼は訝しげに雨蘭を見つめる。

「昨晩忙しそうだったので来てみました。皿洗いでも、床掃除でも何でもします！」

「そうか。それなら、あそこに置いてある芋を全部剝いてくれ。使えないようだったら即刻出て行ってもらう」

男は建物の鍵を開け、芋が山盛りに積まれた籠を指し示す。

「お任せください！」

雨蘭は腕まくりをし、調理場に足を踏み入れた。

土に汚れた手を水で入念に洗い、ついでに芋も洗っていく。幼少期から目の見えない母を手伝い、家の畑でとれた野菜の調理をしていたので皮剝きなら大得意だ。

しかも、ここの包丁はよく手入れがされていて使いやすい。いつもの倍の速度で作業が進む。

「終わりました。どうでしょうか？」

雨蘭が剝き終わった芋を持っていくと、料理人の男は再び険しい顔をした。

何か失敗したのだろうか。剝きあがった芋をいくつか見て男が唸るので、雨蘭は一層不安になる。しかし、告げられたのは意外な一言だった。

「完璧だ。見覚えのない顔だが、宮廷の台所で働いた経験があったか？」

「いえ、外で働くのはこれが初めてです。幼少の頃から料理はしていましたが」

「下手な見習いより使えそうだ」

賞賛の言葉を聞き、雨蘭は胸を撫でおろす。どうやら役に立てそうだ。

次の指示を聞こうとしたところ、小太りの若い女性が小走りに入ってきた。

「おはようございます！」

「遅い！」

料理人の男は彼女をぴしゃりと叱りつける。

「料理長、すみません。昨日終わるのが遅かったので疲れていたみたいで」

「何度目だと思っている！　言い訳無用だ。ここの主人は優しいが、普通は給仕が遅れましたで済まないいんだ。いい加減なことをするならさっさと辞めて出ていけ！」

料理人の男は料理長だったらしい。遅れてきた彼女は若い風貌からして料理人見習いだろうか。

雨蘭は自分が怒られている気分になり、怒号とともにびくりと体を震わせる。先ほどは運良く褒められたが、粗相のないよう気を引き締めなければならない。

「朝から騒々しいな」

緊張感の漂う調理場に、官服を纏った黒髪の男が現れる。明だ。料理長は彼に気づくと一瞬で態度を変えた。

「明様、おはようございます。給仕が遅かったでしょうか。大変申し訳ありません。今から運ばせます」

「いや。今日は外出で帰りが遅くなる。いつもより朝食を多めに出すよう伝えるのを忘れていた」

「承知しました。少しだけお時間をください」

突然の要求に応えなければならなくなった料理長は、遅れてやってきた女性に盛り付けの指示をとばして作業に入る。追加で卵料理を作るらしい。

一品の量を増やせば良いのに、と雨蘭は思ってしまうが、家庭料理とは違うのだ。一品一品趣向を凝らし、盛り付けにもこだわって、美しく華やかでなければならない。

「料理長さん、私も何か一品作りましょうか？」

「今日来たばかりの人間には任せられん。剝いた芋を短冊切りにしてくれ」

「分かりました」

言われた通りに芋を刻んでいると、明がわざわざ作業場の隅にやってきて咎める（とが）ように言う。

「お前、こんなところで何をしている」

「見ての通り朝食作りのお手伝いです」

雨蘭は包丁から目を離すことなく、芋をザクザク切りながら小声で答えた。

「誰も手伝えとは頼んでいないだろう」

「頼まれなかったら手伝ってはいけないなんてこと、ないはずです。昨晩、梁様も思い思いにお過ごしくださいと仰(おっしゃ)っていました」

「可愛(かわい)げのない女だ」

明はあからさまに舌打ちをする。

（まずい……私ってば点数稼ぎに来たはずなのに、審査員である明様に良いところを見せるどころか、嫌われるようなこと言ってるのでは……）

これ以上彼の機嫌を損ねるべきでない。そう理解しながらも、雨蘭は我慢ならなかった。

「急に無理を言われた料理長が可哀想ですよ。私に嫌味を言うよりも、彼に謝ったらどうですか？」

「悪いと思ったからこうしてわざわざ足を運んだんだ。一、二品増やすだけのこと、さほど難しくないだろう」

「明様って横暴というか、感じ悪いですね」

この男は料理をしたことがなく、急に品数を増やせと言われた者の気持ちなど分からないのだろう。

「お前……廟から摘み出すぞ」

「芋、切り終わりました！　次は何をすれば良いですか？」

低い声で脅しにかかる明を無視して、雨蘭は声を張り上げる。

「飾り切りはできるか？」

「はい！」

「人参を鳳凰と桐の葉の形に切ってくれ」

「お任せください！」

飾り切りに自信のある雨蘭は明るく返事をすると、気合を入れて包丁を握り、深く集中していった。

「あれ、明様まだいらっしゃったのですか」

一羽の鳳凰が完成したところで、雨蘭は明がまだ調理場に留まっていることに気づく。

静かなのでとっくに立ち去ったと思っていた。

「もう良い、お前に構っているだけ時間の無駄だ。せいぜい好きにしろ」

「はい、ありがとうございます！」

去り行く背中に向かって雨蘭は満面の笑みで答えた。明はそれなりに立場のある人間のようなので、彼が調理場の手伝いを許可してくれたことはありがたい。

「料理長さん、これでよろしいでしょうか」

「……」

雨蘭は皿に盛りつけた鳳凰の立体像を見せに行った。料理長は口を固く閉じ、皿を回して細部まで観察する。

（あれ、違ったかな？　あぁ、もしかしたら求められていたのは立体的な飾り切りではなく、輪切りから形を整えたものだった？）

「雨蘭と言ったか」

「はい」

「これは一体どこで覚えた？」

「野菜嫌いな弟に喜んでもらいたくて色々試して覚えました。何か変でしたか？」

内心ドキドキしながら雨蘭が答えると、料理長は押し黙ってしまった。しばらく沈黙の時間が流れた後、彼は固く結んでいた口を開く。

「これから朝、夕、ここへ来い」

「は、はい！」

どうやら料理長に認めてもらえたらしい。雨蘭はほっとひと息ついた。

「アンタすごいね！」

片付けを残して料理長が去った後、見習いの女性に勢いよく話しかけられた。

彼女の丸々とした頬は桃色に染まっていて可愛らしい。表情はぱっと明るく、豪快な印象を与えている。

「ありがとうございます」

「いやぁ～、ウチが寝坊したせいもあるんだろうけど、料理長がいきなり包丁を持たせるなんてすごいことだよ。ウチなんて皿洗いから昇格するのに一年かかったし、三年経っても未だに一品丸ごとは担当させてもらえないからね」

自虐とも思える発言に何と返事をすべきか分からず、困り顔で相槌を打っていると、彼女は雨蘭の背中をばしんと叩いて大きく笑った。

「そんな顔しなさんな！　宮廷からこっちに移ってくる時、優秀な料理人が殆どついてこなくてさ。人手不足だったからアンタみたいな子が来てくれて良かったよ」

嫌味ではなく、心の底からそう思ってくれているようだ。雨蘭もつられて微笑み、先輩に敬意を表して頭を下げた。

「雨蘭と申します。これからよろしくお願いします」

「ウチは萌夏、気軽に萌先輩って呼んで」

「萌先輩……！　ここでの規則や常識はまだよく分からないので、厳しくご指導していただけたら嬉しいです」

その後話を続けたところ、萌夏は第一印象の通り、大らかで陽気、優しく楽しい人だった。

賄いを食べすぎて太ったという話や、料理長が意外と可愛いもの好きという話を聞きながら、二人で楽しく調理場の片付けを済ませた。

＊

「梅花さん！」

「静かになさい！」

部屋に駆け込んだ雨蘭はぴしゃりと怒られる。どうやら一人静かに読書をしているところを邪魔してしまったようだ。

しかしながら、雨蘭とて何もないのに騒いだわけではない。なんと、調理場から帰る途中、使用人のまとめ役である楊美より重大任務を授かってしまったのだ。

正しくは楊美から依頼されたのではなく、雨蘭がお願いして与えてもらったのだが。

「お邪魔してすみません。でも梅花さんには一番にお伝えしたくて！」

「何よ」

「楊美様より廟のお掃除を頼まれたんです！　梅花さんも一緒にどうですか？」

皇帝廟の管理人を目指すにあたり、廟の掃除は大きな点数稼ぎになるだろう。それを自分一人、抜け駆けするのは気が引ける。

「掃除？　行くわけないでしょ。鬱陶しいからいちいち聞きに来ないで」

「そうですか……。他の方にも聞いてみます」

「好きにすれば。どうせ笑われて終わりよ」

「昨日はあんなにぎらついていたのに、皆さんあまり興味がないのでしょうか」

最終的に残ることができるのは一人か二人と言われた時、全員が殺気立っていたのに、誰も積極的に動こうとする気配がない。雨蘭は不思議に思う。

梅花は鼻で笑うと読んでいた本を閉じ、珍しく雨蘭に視線を合わせて言った。

「お馬鹿な貴女に、私たちがここへ呼ばれている本当の理由を教えてあげましょうか」

「はい、お願いします」

「梁様の花嫁探しよ」

「えっ」

雨蘭はぽかんと口を開ける。

（花嫁探し？　梁様が女性を集めて結婚相手を探してるってこと？）

「あのお方はただの官僚ではなくて、皇帝陛下のご令孫なの」

皇帝陛下ということは、この廟に入る予定の人物だ。田舎の農民——いや、都に住む裕福な人間ですら一生お目にかかることのない存在だろう。

梁のことは偉い人であるとは思っていたが、まさか皇帝陛下の縁者だとは。

「梁様は恵徳帝のお孫さん？」

「そう。陛下は候補女性を集め、孫の結婚相手を探そうとしているわけ。女たちは一人の男を巡っていがみ合う。要は仮初めの後宮なのよ、ここは」

（私にも気さくで優しい梁様が、陛下のお孫さんだったなんて……！）

初めて知る事実に雨蘭は混乱する。にわかには信じ難いが、他の参加者が裕福そうな美しい女性ばかりであることを考えると、確かに『管理人探し』よりも『花嫁探し』の方がしっくりくる。

「そんな重要な情報を、私に教えてしまって良かったのですか？」

「貴女はどうせ敵にもならないし、ここへ来ている貴女以外の全員が知っていることだわ。廟の管理人探し？　そんなこと一体誰に聞いたのよ」

「私は勘違いをしていたんですね……」

伝令からは間違いなく、お墓の世話をする仕事だと聞いた。都では結婚をお墓の世話に例えることがあるのだろうか。

(私が望んでいたのは普通のお仕事だったのに。結婚を永久就職と表現することはあるけど、皇帝陛下の孫のお嫁さんなんて私にはどう考えても無理です、おじいちゃん!)

一緒に桃饅頭を食べた老人のことを思い浮かべる。きちんと職探しの経緯を伝えたつもりだったが、年寄りは結婚こそが女性の仕事であり、幸せだと考えている節がある。あの老人もそうだったということか。

「ということは、調理場を手伝ったり、掃除をしたりは何の意味もないってことですか⁉」

「そういうこと」

「そんな……困ります」

ここでどんなに努力をしても、高待遇の仕事は得られないということだ。虚無感に襲われ、雨蘭は床にへたり込んでしまった。

「貴女に花嫁が務まるわけないもの。せめて花嫁にこき使われる使用人として、後宮入りできると良いわね」

「それだ! 梅花さん、天才です!」

梅花の言う通り、雨蘭が花嫁に選ばれることは万が一にもないだろう。一、二名という少ない花嫁枠の争奪戦は他の美しい女性たちに任せ、自分は使用人としての能力を認めてもらい、別枠を勝ち取れば良いのだ。

「その立ち直りの早さは何なのよ。本当に嫌味の通じない子」

「私、梅花さんのことを応援します！ 梅花さんが花嫁に選ばれたら、洗濯、肩揉み、雑用、何でもするので私を雇ってください！」

「嫌よ」

梅花は眉間に皺を寄せて即座に否定する。

「それなら認めてもらえるよう頑張ります。では行ってきますね。戻るのは恐らく夜になるので、先に寝ていてください！」

雨蘭は軽い足取りで渡り廊下に出た。

すれ違った他の候補者たちは雨蘭を見て聞こえるように笑うが、梅花のおかげで笑われている理由が分かったので、最早全く気にならない。

彼女たちには、貧しい田舎娘が身の程知らずにも花嫁の座を狙っているように映るのだ。それはもう滑稽だろう。雨蘭まで愉快な気持ちになってくる。

成すべきことが分かりすっきりとした雨蘭は、未来の花嫁候補たちに向かって明るく元気よく、笑顔で挨拶をするのだった。

（さて、夕食準備の前に、廟のお掃除を終わらせないと）

兵士や馬の石像が立ち並ぶ不思議な階段を、雨蘭は一段とばしに駆け上る。

楊美からは特殊な手入れは不要で、ただ窓枠や装飾品に溜まった埃を払って床を掃くだけで良いと聞いているが、建物が広く、時間がかかりそうだ。

「詳しくは廟にいる燕爺さんに聞けと言われたけど……」

廟の入り口らしき場所を覗くも人影がない。雨蘭はしばらく悩んだ末、もしかしたら奥にいるかもしれないと建物の中に入ることにした。

（流石、皇帝陛下のためのお墓……煌びやかね）

貧しい農村の、土に埋めて石を置くだけの墓とは大違いだ。

立派な宮殿のような建物内に、金でできた巨大な祭壇が鎮座している。天井は高く、一面に躍動感のある鳳凰が描かれていた。

ふと奥の祭壇に人影を見つけた。燕爺さんと呼ばれるわりに若く見えるが、雨蘭は迷うことなく声をかける。

「あのー、燕様でしょうか」

「ああ、燕爺なら今日は腰を痛めて休んでいるよ。あれ、君は」

亜麻色の髪と優しそうな顔に、甘く爽やかな香り。二度顔を合わせただけだが間違いない。

「梁様⁉」

名前を呼ばれた高貴なお方は、不思議そうに首を傾げた。

「ええっと、お仕事をしたいと楊美様に頼んだところ、ここの掃除をと言われまして。

梁様こそ、今日は外出されたのでは？　それより何故私の名前を⁉」

陛下の孫だという話を聞いたばかりなこともあり、突然の邂逅に雨蘭は狼狽えた。

「今日、外出の予定があるのは明だけだね。きちんとした服装をしていたから、さぼらず行ったんだろう。それと、ここへ来てもらった女性の顔と名前なら、全て覚えているよ」

慌てふためく雨蘭を前に梁は笑う。気持ちをほっとさせる優しい笑い方だ。

結婚願望のない雨蘭でも、女性たちが梁との結婚を望む理由が分かる気がする。

「あの、お邪魔だと思いますので、私は退散します！　ぎゃっ！」

後退りした拍子に段差を踏み外し、雨蘭は尻餅をついた。

「大丈夫？」

「はい。お恥ずかしいところをお見せしました……」

「僕は休憩がてら廟を見に来ただけだから、気にすることないよ。掃除道具なら確か奥の方にあった気がするけど」

雨蘭が尻についた埃を払っている隙に、梁は奥へと道具を探しに行ってしまう。

「梁様⁉　自分で探します！」

慌てて履き物を脱ぎ散らかし、雨蘭は梁を追い抜いて祭壇の裏手奥へと回った。

立ち入って良い場所か分からないが、高貴なお方に掃除道具を探させるよりましだ。

「そんなに畏まらなくて良いのに。明には随分親しく接しているようだね」

冷や汗が背を伝う。雨蘭は道具探しを一時中断し、怖々振り返った。

「何か聞きましたか……？」

「今朝の調理場での一件、聞いたよ。明に苦言を呈したんだって？　傑作だった！」

満面の笑みの梁に対して、雨蘭は膝に額をぶつけそうなほど勢いよく頭を下げた。

「すみません！　私、何も分かっていなかったんです。今後は立場を弁え、態度を改めます！」

陛下の孫である梁と対等に話すことのできる明もまた、相応に高貴な身分なのだろう。調理場での件は、生意気な口をきいたとして即刻処罰されてもおかしくない。

ところが梁は変わらず笑顔だった。

「君にはそのままでいてほしいな。明とは幼少期からの付き合いだけど、彼に強く言える人間はなかなかいないから、君は特別で新鮮な存在なんだと思う」

「そうですかね」

「なんとなく、そんな気がするよ」

雨蘭は「でも」と言いかけてやめた。雨蘭の場合、敬おうと意識したとしても、相手の行いに納得できなければ反論してしまう気がする。

「梁様が許可してくださるなら、これまで通りでいます」

「うんうん、許可する」

彼が目を細めると、黄色の蜜がとろりと溢(あふ)れてきそうだった。

この美しい人の隣に立てるのは、やはり梅花のような相応に美しい女性に限る。

「明様も偉い方なんですね」

「そうだね。ただ、明は能力には恵まれているのに、仕事への関心が薄くて困るよ」

「仕事をしなくても生きていけるのなら、やる気が出なくても仕方ないですよ」

雨蘭は家族と自分が生きていくため、働いてお金や食料を得なければならない。働くことを止めたら野垂れ死ぬことになる。

一方、生まれながらに高貴な人間はそうではないのだろう。多少仕事をしなかったところで身の安全と生活が保証されているのであれば、熱心に働く理由がない。

「何かやりがいを見つけてくれれば良いんだけど」

「梁様は明様のことを大切に想(おも)われているんですね」

「……どうかな。本当は干渉しない方が良いのかもしれない」

梁は顔を伏せ、棺(ひつぎ)の立派な装飾を指で撫でる。

その美しい横顔が少し陰った気がしたが、雨蘭は掃除道具探しを再開した。

祭壇の奥には何のためか分からない広い空間があり、その奥に別の部屋があるようだ。彫刻の施された木の扉を開けると、物置と化した薄暗い部屋の中に箒を見つける。

「あっ、見つかりました！」

建立されたばかりのはずなのに、物置部屋の中はかび臭く、床にはうっすら埃が積もっている。掃除のしがいがありそうだ。

物置で見つけた掃除道具一式を抱えて戻ると、不意に伸ばされた梁の手が雨蘭の髪に触れる。

「髪に蜘蛛の巣がついていたよ」

「あ、ありがとう、ございます……」

雨蘭は驚いてその場に固まった。

（うわー、びっくりした！　梁様、普通の女性なら今ので絶対惚れちゃいますよ⁉）

お金や権威があるというだけでも多くの女性が惹かれるというのに、端正な容姿と分け隔てない優しさまで持ち合わせていたら誰もが虜になってしまう。

現に、ここへ集められた女性たちの殆どが梁に夢中だろう。彼が望むのなら一人、二人と言わず雨蘭を除く全員を娶ることだってできそうだ。

「あの、ここへ女性たちが集められているのって、梁様の結婚相手を探すためというのは本当ですか？」

雨蘭は彼が寛大な心の持ち主であることを信じ、思い切って尋ねてみた。

「うーん、陛下が孫の結婚相手を探しているというのは本当だね。誰かに聞いた？」

「私だけが廟の管理人募集と勘違いしてここに来たようで、同室の梅花さんという方が親切に教えてくれました。とても優しい方ですよ！」

すかさず梅花のことを売り込んでおく。彼女が梁に見初められれば、何だかんだ雨蘭を使用人として雇ってくれるかもしれない。

「ああ、黄家の娘さんか。彼女はなかなか自尊心が高いだろうに、上手くやれているようで良かった。同室に決めたのは僕だったから心配していたんだ」

「梅花さんのはっきりとした物言いがとても好きです。それに、この世のものとは思えないくらい美人で、女の私でもうっとりしてしまいます」

「そうだね。彼女は人に頼ることに慣れていないだけで、根は優しい子だと思う」

「ですよね！　梅花さんこそ、陛下のお孫さんの花嫁に相応しいと思います！」

梁の好意的な反応からして、なかなかに見込みがあるのではないか。雨蘭は目を輝かせる。

「はは、君は面白い子だ。自分が結婚したいとは思わないの？」

「全く思いません！　あっ、梁様に魅力がないというわけではなく、身分不相応だからですよ？　それに、私が探しているのは旦那様ではなく、将来安泰のお仕事です」

雨蘭は慌てて言い訳をするが、梁は何故か嬉しそうだった。

「仕事、ね。……僕から一つ、仕事を任せても良いかな？」

「はい！　何なりと！」

梁直々の依頼とあり、ぴしりと全身に力が入る。

「明にやる気を出させてほしい」

「……それはまた……難しい任務ですね」

仕事場の掃除だとか、庭園の草むしりだとかを頼まれると想像していた雨蘭は、予想外の申し出に困惑する。しかしながら、何でも引き受けますという態度をとっていた手前、今更無理ですとは言えなかった。

「必ず成果を出す必要はなくて、努めてくれるだけで良い。でも、君ならきっとできると思う」

「明様には恐らく嫌われているでしょうし、自信はありませんが精一杯頑張ります！　その代わり上手くいった際には、私を使用人として雇ってもらえませんか？」

厚かましい願いかと思ったが、梁は勿論と言って笑ってくれた。

達成できなくても罰が与えられるわけではないのなら、挑戦した方が絶対に得だ。

「ここの掃除や手入れは、当番制で全員に経験してもらおうかな。人柄を見るには良いだろう」

「皆さんも何かすることのあった方が退屈しなくて良いかもしれませんね」

「うーん、そう考えるのは君だけだと思うよ」

箒を手に、腕まくりをして準備万端の雨蘭を見て、梁は優しく微笑んだ。

三

「え～、これから君たちに手伝ってもらう内容の説明をする。……はて？　何してもらうんだっけか」

腰の曲がった老人は用件を忘れてしまったようで、俯いたまましばらく考え込んでしまった。

昨日は会うことができなかったが、この人が燕爺さんのようだ。本当に、どこからどう見ても隠居したお爺さんだが、腰痛は治ったのだろうか。

「急に呼び出されたと思ったら、どういうことよ」

「梁様の命だというから来たのに、いらっしゃらないじゃない」

花嫁候補たちは廟の前に連れてこられただけでも不服そうだったのに、指示を出すはずの老人がこの調子なので、機嫌がどんどん悪化していく。

隣に立つ梅花の美しい顔が、鬼の形相になっていることに気づき、雨蘭は堪らず手を挙げた。

「廟の掃除とお手入れだと思います！」

「おお、そうだ、そうだ。梁様から頼まれたのだった。そこの田舎娘、代わりに説明してくれないか」

「……私ですか？」

雨蘭はきょろきょろと周囲を見回すが、自分以外に田舎娘は見当たらない。

「田舎娘ですって。庶民が何故、候補者に紛れ込んでいるの？」

「あんな古びた衣で恥ずかしくないのかしら。見栄を張るお金すらないのでしょうね」

梅花の後ろに控える、桃色の髪と白髪の二人が嘲笑まじりに話す声が聞こえてくる。

彼女らは梅花の知り合いらしい。ここへ来る時も、不機嫌な梅花のご機嫌とりをしているようだった。

梅花はというと、キッと鋭い目つきで雨蘭を睨んでいる。美しさも相まって迫力満点だ。

「どうせ貴女が梁様に何か言ったのでしょう。でなければ、彼がこのようなことを思いつくはずがないわ」

「えーっと、確かにここで梁様にお会いしましたが、私は皆さんに掃除をさせろだなんて一言も言ってないですよ。全て自分でやるつもりでしたから」

「梁様にお会いしたですって⁉」

「はい。偶然」

廟の前に集まった候補者全員の怒りに満ちた視線が雨蘭に突き刺さる。先ほどまで物忘れの激しい老人に向いていた苛立ちまで雨蘭に向いたらしい。

「あの人は貴女などが会話をして良い相手ではないの！　身の程を知りなさい！」

梅花が激昂すると、桃色と白色の髪の二人もそれに続いて雨蘭を罵った。

「そんなこと言われましても、お見かけしたら挨拶はすべきですし、話しかけられたら無視するわけにはいきません」

「自分だけ良い思いをして許せない！」

実際に挨拶もせず、無視をしたのなら、彼女らはそれに対しても怒るだろう。

「私、一応梅花さんには声をかけたのですが……」

事実を述べたところ火に油を注いでしまったようで、彼女らの怒りは爆発した。

桃色の髪をした女性が雨蘭を突き飛ばす。

農作業で足腰を鍛えた人間には大した威力ではなかったが、兎のように可愛いらしい女性が手を出してくるなんて、と精神的な衝撃を受ける。

更に、白髪のこれまた大人しそうな子が、雨蘭の髪をぐいっと引っ張った。

「何このぼさぼさの髪」

「放してください。なかなか手入れができないだけです。卵が手に入っても食用に回してしまうので」

「卵？　田舎娘はそんなものを髪につけるの？　気持ち悪っ」

卵の黄身と油を混ぜ合わせたものに髪を浸すと、艶が出て指通りが良くなるのだが、白髪の彼女は露骨に嫌悪を示す。他の候補者たちも馬鹿にしたように雨蘭を笑った。

唯一事を収められそうな立場の燕爺さんは、火消しをするつもりはないらしい。長い口髭をいじりながら、女の戦いを傍観している。

「梅花さん、こんな子追い出してしまいましょうよ。黄家の娘が手を上げられたと知れば、梁様も黙ってはいないでしょう」

「そんな！　私、手を上げたことなんてないですよ⁉」

「うるさいわね！」

白髪の女性は金切り声を上げ、雨蘭の頰を平手で打った。何が起きたのか分からず雨蘭が目を丸くさせていると、梅花が口を開く。

「香蓮、今のは少しやりすぎよ。春鈴も、突き飛ばすなんてみっともない真似はやめなさい」

白髪の女性が香蓮。桃色の髪をした女性が春鈴というらしい。梅花は友人二人を窘めるが、彼女たちの興奮は収まらないようだ。

「このくらいしないと、図太い人間には伝わりませんよ」

「そうそう、梁様に近づこうとした罰を与えないと〜」

どうしたらこの場が収まるのか、雨蘭は悩む。畑で鍛えた雨蘭であれば、倍の威力で頬を打ち返すこともできるが、手を出してしまえば彼女たちの思うつぼである。

（ああ〜、どうしよう。こうなれば、皆さんの気がすむまで殴ってもらうしかない？）

雨蘭の思考がとんでもない方向に進み始めたその時。

「ぎゃあぎゃあと何の騒ぎだ？　これだから女というやつは」

地を這うような低い声に女性たちはぴたりと動きを止めた。梅花も、その友人二人も、さっと雨蘭から離れ、何事もなかったかのように澄まし顔をする。

群衆の後方から現れたのは、黒い官服を着た男だった。

「……明様？」

「またお前か」

明は相変わらずもっさりした前髪で顔の半分を隠している。

表情は読めないが、声音から察するに彼もまた不機嫌な様子だ。

「梁の代理でここへ来た。悪い報告をされたくないなら、黙って手を動かすんだな。廟の手入れや礼拝のことは燕に聞くように。歳で物忘れが激しいが、かつて太常に務めた男だ。作法は誰よりも詳しい」

「梅花さん、太常って何ですか?」

言葉を理解できなかった雨蘭は、すっかり大人しくなった梅花に小さな声で尋ねた。

「そんなことも知らないの? 祭祀などを担当する国の機関よ」

優しい彼女は刺々しい言葉ながらも教えてくれる。

「――それから、掃除のことならそこの庶民に聞くのが良いだろう」

声を張り上げた明の体は雨蘭の方を向いている。候補者たちの視線が再び雨蘭に集まった。

「普段掃除などすることのない我々より、よく知っているはずだ」

雨蘭を見下す明の発言に、女性たちは声を漏らして笑う。

「なんだ、梁様の補佐からも嫌われているじゃないの」

「私たちは燕様に廟のことを教えてもらいに行きましょう。掃除よりも役に立つわ」

「そうね、彼女から仕事を奪うのは可哀想だもの」

彼女らの怒りは一旦収まったらしい。雨蘭の傍から離れ、燕爺さんの周りに集まっていく。

取り残された雨蘭はほっと一息つき、助け舟を出してくれた明に頭を下げた。

「明様、ありがとうございました」

明の声には拒絶が滲んでいる。それでも雨蘭は礼を言いたかった。

「何のことだ」

「明様が上手いこと言ってくれたおかげで、あの場が収まったので」

「何故そういうことになる。俺はお前に対する嫌味を言っただけだ」

「そうだとしても結果的には助かったので、お礼を言わせてください。あと、調理場でのこと、すみません。言い過ぎました」

お詫びの気持ちを込めて、より深く頭を下げる。雨蘭がいつまで経っても頭を下げ続けたままなので、ついに明は舌打ちをした。

「お前といると調子が乱れる。さっさと掃除でも何でもしに行け」

「はい！　ピカピカにするので見ていてくださいね！」

誰が見るか、という呟きが聞こえてくるが、どうやら高貴な方には照れ屋が多いらしい。雨蘭は全く気にせず掃除を始めた。

＊

今日もまた、お膳を持った使用人が忙しなく厨房から出たり、入ったりを繰り返している。

食事の準備はいつもあわただしいが、品数が多い夕より朝の方がまだ余裕がある。

「どうでしょうか？」

料理長が咀嚼（そしゃく）するのを雨蘭は緊張の面持ちで見守った。

「いいだろう」

「ありがとうございます！」

思わずその場で飛び跳ねると、埃を立てるなと厳しく叱られる。

料理の腕を認めてもらい、蒸し野菜と、卵スープを作る課題を与えられてから早一週間。雨蘭は比較的余裕のある朝の時間に試作を続けてきた。

この二つは単純な料理と思いきや奥が深い。料理長と全く同じ質のものを作れるようになるまで妥協は許されず、合格を得るまでに随分時間がかかってしまった。

「明日の朝出すように」

「はい！」

自分が作った品を誰かに食べてもらえるというのは嬉しいことだ。

雨蘭の家は貧しく、不作の時は齧（かじ）る野菜すらなかったので、こうして好きなだけ料理ができる環境もありがたかった。

「うん、料理長と全く一緒の味。盛り付け具合も綺麗だし、一週間でよくここまで仕上げたわね」

料理人見習いの萌夏は味見と言いながら、一人前を軽々平らげ、賞賛の言葉をくれる。

「見様見真似で頑張ったのですが、思ったより時間がかかってしまいました」

「いやいや、何年かかってもそれができない人間もいるんだから。アンタ絶対才能あるよ。宮廷料理人を目指した方が良いと思う」

「それは流石に無理ですよ。私はそこそこのお給金がもらえる使用人になれれば良いんです」

食事の配膳を行う使用人を除き、調理場で働いているのは彼女と料理長、そして雨蘭の三人だけだ。片付けの時間になり、料理長が先に帰ると庶民出の女同士、会話が弾む。萌夏は農村とまではいかなくとも、都の外れの出身らしく、彼女の大らかな性格もあってか話しやすい。

「そういえば、ここで作る料理は多くないですよね。住み込みで働く人の料理はどうしているのでしょうか？」

「ここは身分の高い方の料理を作る場所だからね。敷地の端の方にもう一つ調理場があるの。知らなかった？」

「……知りませんでした」

（私、手伝いに行く先を間違えたんだ……）

初めから二つの選択肢が与えられていたとしたら、無謀にもこちらの調理場に来ることはなかっただろう。人手不足のようなので、結果としては良かったが。

「アンタ、お金が欲しいならお金持ちをつかまえて、玉の輿に乗る手は考えなかったの？」

「全く。私のことを好きになってくれるお金持ちがいるなんて、夢を見たことすらありません」

「えー、ウチなんて皇太子とぶつかって求婚される妄想ばかりしてるのに」

萌夏は調理時に出た野菜屑で作った炒め物を掻き込みながら言う。雨蘭も負けじともりもり食べた。

ここでは毎日、お腹いっぱいに食べられるから幸せだ。高貴な人には出せない切れ端や余り物でも、素材の質が良いので何でも美味しい。

楊美には他の候補者同様の食事を勧められたが、貧乏人が豪華な食事を毎日摂取したら体がおかしくなってしまうと断った。

「皇太子？　皇帝陛下の息子さんということですか？　だとしたら、萌先輩とは随分歳が離れているのでは？」

「ああ、そうか。田舎育ちのアンタは知らないんだね。恵徳帝の息子は全員亡くなっているんだよ」

三人息子がいたが、一人は幼い頃に病で亡くなり、もう一人は若くして精神を病んで自殺し、最後に残った一人は不慮の事故で帰らぬ人となったという。

「何だか宮中の闇を感じます……」

「色々噂はあったけど、偶然ってことで片付いてるね。そんなわけで、次の継承者は現皇帝の孫なんだ」

「なるほど、皇太子はまだお若いのですね」

（えっ。ということは、梁様が皇太子……？）

雨蘭はさっと青ざめる。庶民ごときが会話をして良い存在ではないと、梅花が力強く言っていた理由がよく分かった。

（陛下のお孫さんと聞いてとても高貴な人だとは思ってたけど、次期皇帝って思うとまた違う！）

何て浅はかだったのだろう。よく考えれば陛下の孫と知った時点で、いずれ皇帝になるかもしれない人だと想像がついただろうに。

「宮中で働いてた頃に聞いた噂話だと、皇太子は黒髪に薄墨色の目で、すごく端正な顔をしているらしいよ。そんな人を見かけたら、自分から突進しちゃいそう」

萌夏はうっとり話すが、梁が『次期皇帝』であることに衝撃を受けた雨蘭は最早話を聞いていない。

「おーい、雨蘭？　珍しく浮かない顔してるけど、料理長が厳しくて嫌になっちゃった？」

「いえ、料理長は厳しいですが、私のためを思ってのことなので大丈夫です！　あっ、そろそろ別の仕事に向かわなくては」

大きすぎる衝撃に未だ混乱しているが、過去の行いについては今更どうしようもない。切り替えが大事だと、雨蘭は急いで食器を片付け廟へと向かった。

*

まだ誰の姿も見えない中、雨蘭は自分専用となりつつある箒で建物の中を丁寧に掃いていく。すると、腰の曲がった老人が亀のようにゆっくり入ってきた。

「おはようさん」

「おはようございます、燕様」

雨蘭が都で助けた老人と同じような歳だろう。足腰が弱いようなので、彼一人でこの広い廟を管理するのは酷だ。

「今日も精がでるのぉ」

「綺麗になるのが気持ちよくて、つい張り切っちゃいます」

雨蘭は笑顔で答えた。

結局、掃除は殆ど雨蘭の仕事になっている。他の候補者たちは日ごとに担当を決め、順番に回しているが、祭壇の装飾の埃を払う程度の掃除しかしてくれない。

それでは我慢ならない雨蘭はこうして毎日、一人で廟全体の掃除に励んでいる。

「どれ、昨日は一般的な礼拝の仕方を教えたが、今日は皇妃式を教えてやろう。こちらへ来い」

燕は何故か、一般常識にはじまり、宮廷のことや、祭祀のしきたりについて教えてくれる。

雨蘭の亡き祖父も、若かりし頃に身につけた知識を語って聞かせるのが好きだったので、老人に共通する趣味なのかもしれない。

燕は雨蘭の知らない高貴な世界の話をしてくれるので、今日はどんな話を聞けるのか、毎日楽しみにしていた。

「まずは昨日教えたことは覚えているな」

「はい」

雨蘭は教えられた通りに線香を供え、祭壇の前に膝をついて拝んでみせる。

これまでご先祖様の仏壇を拝む時はなんとなくお供物をして拝んでいたが、燕に正しい順番や方法を教えてもらった。

「よし。物覚えは悪くないようだ」

「今ではもう歴代皇帝のお名前まで言えますよ！　諸外国の名前も覚えましたし、この前教えていただいた物語も諳（そら）んじて言えます」

皇妃式の礼拝方法をはじめ、何の役に立つのか分からない知識も多いが、覚えていて損をすることはない。雨蘭は今日もまた長い話に付き合うのだった。

近づいてくる強烈な白檀（びゃくだん）の香りに雨蘭ははっとする。

廟での暮らしを続けるうちに、女性たちが使っているお香の匂いで誰なのかを判別できるようになっていた。今日は三人。梅花と春鈴、香蓮が当番の日だ。それとは別に、もう一人同行しているような気もするが、一体誰だろう。

まだ燕とのおしゃべりの途中だったが、一時中断を申し出て、箒を手に取り掃除を再開する。燕は話し疲れたのか、椅子に座るとすぐに船を漕（こ）ぎだした。

「あら、相変わらず早いのね。もう終わってしまったかしら？」

「梅花さん、春鈴さん、香蓮さん、おはようございます。これから水拭きをするところです！」

明るい挨拶とともに振り向いた瞬間、宙を舞った水が雨蘭に降り注ぐ。一瞬、何が起きたのか分からなかった。

「あー、ごめんなさーい。せっかく水を汲んでから来たのに躓いちゃったぁ」

桃色のおさげ髪の女性は、中身のなくなった容器を持って可愛らしく謝罪する。

「春鈴さん、大丈夫ですか？　躓いてお怪我をされたら大変です」

「私のことはご心配なく。それより貴女の方が大丈夫ですか～？」

「はい。私は丈夫な体が取り柄なので、このくらい平気です！」

雨蘭が笑顔で力こぶしを作ると、春鈴はすっと冷めた表情をする。

躓いた時にどこか打ち付けたのだろうか。心配する雨蘭だったが、少し間を置いてからようやく勘違いをしていたことに気づく。彼女は故意に水をかけたのだ。

「偽善者ぶって気持ち悪い」

春鈴と行動を共にしている白髪の香蓮は、唾でも吐き出しそうな表情で罵る。

「そんなつもりは……」

「普通はわざと水をかけられたら怒るか、泣くかのどちらかでしょ」

「やっぱりわざとだったんですね。本当に転んだのでないなら良かったです」

「そういうところよ。理解できない」

香蓮は冷たく言い放つ。彼女は先ほどから一度も視線を合わせてくれていない。

「ほーんと、自分は嫌われてないとでも思ってるのかな」

春鈴も先ほどまでの可愛らしい声と打って変わって、顔に似合わぬ低い声で呟いた。

（都の女の人って色んな顔を持っていて、強かですごいなぁ）

雨蘭は呑気な感想を抱く。

嫌われていることに気づいていないわけではない。春鈴と香蓮の他にも、候補者の中には人目を盗んで雨蘭に小さな嫌がらせをする者がいる。

梁と廟で会ったことが知られて以来、候補者たちの雨蘭を見る目は大きく変わった。

敵にもならない場違いな女から、田舎娘のくせに厚かましく、抜け目のない腹立たしい女に昇格したのだろう。

毛先から水滴がポタポタ地面へと落ちていく。意地悪をされるのは悲しいが、彼女らの心情を想像すると仕方ないことだと雨蘭は思う。

「……ん？　騒がしい気もするが、何かあったかな？」

居眠りから目覚めたらしい燕は重たい瞼を何とか開き、こちらを見ている。

「私が躓いて水をぶちまけちゃっただけなんですぅ。燕様はのんびりしててください」

春鈴は猫なで声で言い、燕が再び瞼を閉じたのを確認すると、後ろを振り返って控えていた少女に指示を出した。

何度か顔を見かけたことのある使用人だ。三人の他に感じていた気配は、どうやら彼女のものだったらしい。

少女は怯えた様子で雨蘭に歩み寄ると、立派な木箱を差し出した。

「あ、あの。これ……。布が入っているので、よろしければ使ってください」

「ありがとう」

にっこり笑って受け取るが、あからさますぎて流石の雨蘭も異変に気づく。

中には一体何が入っているのだろう。何が出てきても驚かないよう覚悟を決め、恐る恐る蓋を開けた。

「わっ！ すごい!!」

雨蘭は思わず歓喜の声を上げる。

「すごいって何がよ？」

想像していた反応と違ったせいか、香蓮は不機嫌そうに尋ねた。春鈴は使用人に「ちゃんとやったのか？」と言わんばかりの視線を向ける。

「本当にすごいんですよ、ありがとうございます！ 皆さんも見ますか？」

雨蘭は嬉々として箱の中身を香蓮と春鈴に見せた。

「いやぁぁぁっ!!」

「やだっ、やだっ、そんなの近づけないで!! 見るのさえ無理!!」

油断して覗き込んだ二人は、箱の中で蠢く大量の芋虫を見て絶叫する。

「この芋虫、幻と言われる蝶の幼虫です！ 田舎でもなかなか見かけないのに、こんなところで会えるなんて！　しかも丸々していて活きが良――」

「わざわざ説明しないで、気持ち悪いっ！」

香蓮は耳を塞いで拒絶を示す。確かに幼虫のうちは見目が悪いので、嫌われてしまうかもしれない。ただ、蝶になった時の美しい紫を見ればきっと考えも変わるだろう。雨蘭は目を輝かせ、少し離れたところで傍観している梅花に尋ねる。

「梅花さん、この子たち、部屋で育てても良いですか？」

「絶対に嫌。贈り主に返しなさい」

即答だった。交渉には一切応じないという険しい顔をしている。

「……そうですか。残念ですが、これはお返しします」

雨蘭は仕方なく、春鈴にずいっと木箱を押し付けた。彼女は「ひっ」と短い悲鳴を上げた後、その場にへたり込む。

「だから言ったでしょ。この田舎娘にその手の嫌がらせは通用しないって」

梅花は呆れたように呟く。彼女は言葉こそ厳しく、時に攻撃的であるが、雨蘭に手を出してくることは決してない。

結局、木箱に集められた芋虫は、使用人が元いた場所に返してくれることになった。

＊

「雨蘭様、明日の朝は調理場の手伝いが終わり次第、すぐお部屋にお戻りください」

芋虫を泣く泣く手放し、夕餉の手伝いを終えて部屋に戻る途中、廊下ですれ違った楊美に呼び止められる。

「明日は何かあるのでしょうか」

雨蘭は記憶を辿ってみるが、思い当たる節がない。彼女に声をかけられなければ、朝の手伝いの後はいつも通り廟に直行していただろう。

「紙をお配りしたと思うのですがご覧になっていませんか？」

（あ……。読めないから後で梅花さんに聞こうと思って忘れてた）

教養のありそうな楊美に文字が読めませんとは言いづらく、雨蘭は苦笑いをしながら誤魔化すことを試みる。

「紛失してしまったかもしれません。何と書かれていたのでしょう」

「明日は皆様の能力を確認するための試験があります。その案内でした」

「それは筆記試験でしょうか」

「筆記と面談による問答の両方です」

（わ～！　始める前から終わってる！　官僚になるには厳しい試験を通らなくちゃいけないと聞いたことがあるけど、花嫁の場合も同じなの!?　もしかしたら使用人も？）

そうだとしたら、読み書きできるのは自分の名前と野菜の名前程度、という田舎娘が雇ってもらうのは望み薄である。

「常識を測るための試験で、内容は難しくないと思いますよ」

「は、はい、そうですか」

楊美は優しい言葉をかけてくれるが、内容の難易度以前の問題だ。雨蘭が頭を抱えて部屋に戻ると、珍しく早寝の梅花がまだ起きていた。

彼女は火を点した灯具の側で、何やら難しそうな書物を読んでいる。

これまでずっと暇で読書をしているのかと思っていたが、彼女は試験に向けて勉強をしていたのかもしれない。

「梅花さん……明日が試験って知ってました？」

「当然。ここへ来てすぐに通知があったじゃない」

今日の梅花は機嫌が良いのか、雨蘭の問いにまっすぐ答えてくれる。

「ですよねぇ……」

「貴女まさか知らなかったの？」

「はい。実は私、読み書きができなくて」

「へぇ、本当に読み書きができない人間って存在するのね。口は達者なのに不思議だわ」

馬鹿にしているというよりも、彼女は純粋に驚いているようだ。

当たり前のように読み書きができる者にとって、雨蘭のような存在は理解し難いのだろう。

「明日は筆記試験もあるとか。どうしたら良いんでしょう」

「どうするも何も、できないなら仕方ないいじゃない。いつも通り堂々と恥を晒したら？」

梅花は扇を仰いで火を消した。部屋は一瞬で真っ暗になる。

「確かに、今更ですよね。ありがとうございます！」

「励ましたつもりはないのだけれど。読み書きができないだけでなく、耳もおかしいということが分かったわ」

呆れたように梅花は言い、寝台へと向かっていった。しばらくすると彼女の小さな寝息が聞こえてくる。

どんな場所でも、地面と等しく硬い寝床の上でも寝られる雨蘭だが、その晩に限っては試験のことがどうも気になり、珍しく眠れなかった。

＊＊

錠が開く微(かす)かな音で明の目は覚めた。

元々眠りの浅い人間なのか、常に気を張っているせいなのかは分からないが、満足な睡眠がとれないというのは長年の悩みだ。ただでさえ慢性的な睡眠不足だというのに、恵徳帝の思いつきで廟に常駐させられてからの睡眠状況は最悪である。

足音は真(ま)っ直(す)ぐ寝室に向かってくる。明は念のため寝台脇に忍ばせた小刀を手に取るが、この建屋に無断で入れる人間は一人しかいない。第三者に鍵を奪われていなければの話だが。

「明、休んでいるところ悪いのだけど」

「何の用だ」

「何の用って、用ばかりだよ。どこかの誰かさんがすぐ仕事をさぼるから」

亜麻色の長髪を束ねた男――梁は、寝台に転がる幼馴染(おさななじみ)を前に呆れ笑いを浮かべている。

自身に与えられた仕事の多くを梁に任せているというのはその通りだが、彼が小言を漏らしつつも水を得た魚のように代理を務めていることもまた事実だ。

梁から仕事を奪ったら一体何が残るのだろうと思うほど、彼は仕事の虫なのである。

「北とのいざこざは丸く収まったことだし、大してすることもないだろ」

明は小刀から手を離し、ゆっくり上体を起こす。

「あの件で奉汪国の次期皇帝は才気煥発だという印象を与えられたみたいだね。流石は明啓太子」

明は溜め息をつき、視界を覆う前髪を掻き上げた。帝と同じ、珍しい薄墨色の目はここでは目立つ。

「その呼び方はやめろ。嫌味のつもりか？　俺はお前の筋書き通りに動いただけだ」

「まさか、嫌味だなんて。綱渡り状態の中、やり遂げたのは紛れもなく明だよ」

梁は目を細めて笑う。この幼馴染はいつも微笑みを湛えているが、本心を隠すための仮面のようでどこか嘘くさい。

はっきり「お前の存在が邪魔だ」と言ってくれれば良いのに、と明は思う。梁が望むのであれば、次期皇帝の立場など喜んで譲ろう。

偶然、皇帝の孫として生まれた自分よりも、彼の方が国の長として相応しい素養を持ち合わせていることは明らかだ。周囲もそう思っているに違いない。

「俺は一時的な入れ替わりでなく、お前が次期皇帝の座についても良いと思っている。帝もどちらが継ごうと気にしないだろう」

「駄目だよ。僕はそもそもこの国の人間ですらないのだから」

梁は、遠征した皇帝がその才を見抜いて国に連れ帰った戦孤児だ。西の地に住まう遊牧民の子だと聞いているが、幼い頃から兄弟同然に育った明としては、出自など些事に感じられる。

「いっそ本当に西を統治するか？　そうすればお前もこの国の人間だろ」

「そういう問題ではないよ。それに、この国までもが西の統治に乗り出したら完全に均衡が崩れる」

奉江国は平和な国だと市井では言われているようだが、それは違う。この国は民衆の気付かぬところで北方の国、鏡華国と小競り合いを続けている。

その多くが奉江国の西に位置する未統治の地域に起因し、つい先日問題になった北とのいざこざというのも、鏡華国が無断で西に進軍しようとしたことにより生じた。

不審な動きに気づいた奉江国側が交渉の席についたことで、鏡華国は最終的に駐屯兵たちの独断行動であったと結論づけたが――恐らく奉江国との正面衝突を避けるための嘘である。彼らは常に西の土地と先住民の統治を狙っている。

この数十年、奉江国が大きな戦争に直面しなかったのは現皇帝の外交手腕によるところが大きい。それを継いでいけるのは明ではなく梁の方だ。

悔しいとは思わない。自分が何をしても幼馴染に敵わないことは、とっくの昔に気づいて受け入れている。

「次期皇帝は間違いなく君だよ、明。君には十分な素質が――」

「興味ないな。それで、結局何の用だ？」

「まったく。陛下が訪問される際の役割分担を明の方で考えてもらおうと思って。決定するのは明日の試験後でも構わない」

梁は説教を止め、手にしていた巻子本を差し出すが、明は面倒ごとを快諾するような男ではない。

「この程度のことは、お前のところで適当に決めてくれ」

「この程度のことなら明の負担にもならないはずだよね。あまりに何もしないようなら、入れ替わりのことを候補者に漏らすよ」

「はぁ……分かった、適当に決める」

明は渋々朱色の巻物を受け取った。

女は嫌いだ。狡猾で強かなようで、弱くて脆い。

恵徳帝が集めた妙齢の女性たちは狙い通り、梁を皇帝の縁者と思い込んでいる。このまま素性を隠し通すつもりだ。そのために日々、鬱陶しい前髪にも耐えている。

「明の顔を見たら、女性たちは騒ぐだろうね」

「想像しただけで吐き気がする」

ここに集められた女など、皆同じだ。富と権力、見た目の美醜のことしか頭にない。美しく着飾ってはいても、欲にまみれた汚い本性が透けて見える。故に明は候補者の顔も、名前も、未だに殆ど覚えていない。覚えられないのではなく、そもそも覚える気がない。

顔と名前の判別がつくのは、皇族と繋がりの深い黄家の娘と、雨蘭とかいう場違いで、能天気な田舎娘くらいだ。

あの田舎娘が『じいさん大推薦のお嫁さん候補！　特に明啓、この子を逃したら後悔するぞ』と書かれた紹介状を持って現れた時には、苛立ちのあまり書状を握りつぶしてしまった。

孫があまりに女性への関心を示さないせいで、皇帝は正気を失ったのだろうか。

「あの爺さんはどういうつもりなんだか」

「早いところ孫の嫁を見つけて、自分はさっさと引退するつもりなのだろうね。適当に妃を見繕って後宮に置いてしまえば良いのに、そうしないのは陛下の優しさだと思うよ」

「だからと言って、貧乏な田舎者まで候補に入れるのはどうかと思う」

明が本日何度目かの溜め息をつく横で、幼馴染は声を殺して笑っている。

「何がおかしい？」

「雨蘭のこと、気になっているなら素直にそう言えば良いのに」

その言葉を聞いて、かっと頭に血が上る。明は珍しく声を荒らげた。

「違う！　勝手な解釈をするな」

「だって、女は全員芋に見えるあの明が、彼女のことを認識しているわけだよ？　気づいていないのかもしれないけど、話にもよく出てくる」

「俺が認識せざるを得ないほど、あの女が悪目立ちしているだけだ。馬鹿なことを言ってないで、さっさと帰れ」

「はいはい。燕爺のところに試験問題を取りに行ってくるよ。確認から未だ戻ってきていないから、忘れているかもしれない。明は面接をさぼらないでね」

「分かってる」

好奇に満ちた視線を送ってくる幼馴染を追い出した後、明は久方ぶりに執務机に腰を下ろした。すっかり温くなった茶を口に含み、梁の持ってきた候補者名簿に目を通す。

必要とされる役職と人数は既に梁の字で記載されていた。ここまで考えたのであれば自分で決めた方が早いだろうに。彼はただ、明に形だけでも仕事をさせたいのだろう。

二十名ほどに及ぶ名前の中、一番に目を引かれたのは『雨蘭』の文字だった。偶然だ。偶然に違いないが、明は梁の指摘を思い出して頭を掻きむしる。

「あの女には畑仕事でもさせておけば良い」

田舎娘の名前の下に、梁が求めていない職務を書き足した。

四

「君、筆はどうした」

「持っていません」

雨蘭は試験机の前に正座し、試験官らしき官服姿の男に向かってはきはき答える。その姿はあまりに堂々としていて、男の方がたじろぐほどだ。

彼は筆の貸し出しが可能かを聞きに行ってくれたが、何も持たずに帰ってきたのを見て、雨蘭は少しだけ安堵する。

わざわざ貸してもらったところで、自分の名前くらいしか埋められないのだ。筆すら持たない哀れな田舎娘でいた方がましである。

「貸し出しはしない。試験が終わるまで机で大人しくしているように、とのことだ」

「はい」

同じく試験を受ける候補者たちから笑い声が聞こえてくる。流石の雨蘭も恥ずかしく思ったが、梅花に言われた通りせめて胸を張って座っていることにする。

「この砂が落ちきるまでの間に解答すること。それでは始め」

試験官は砂のたっぷり入った大きな瓶をひっくり返す。

何もできない雨蘭は、少しずつ、しかし絶え間なく落ちていく砂を眺める。まだまだ試験は終わりそうにもない。暇で、暇で、暇で仕方ない――はずだった。

「そこまで！」

試験官の大きな声で目が覚める。雨蘭は慌てて姿勢を正し、配布された時のままである解答用紙を提出する。

「退出し、自室で待機すること。順に対面問答に呼ぶ」

周囲を見た限り、どの候補者も解答用紙にびっしり墨を入れていた。手も足も出ず、挙句の果てに眠りこけていた雨蘭とは雲泥の差だ。

「どれほどの難易度かと構えていましたが、さほど難しくありませんでしたね」

「恐らく基礎能力を測るためのもの。筆記試験では差がつかないでしょう。一問も解答できずに居眠りしていた方もいたようですが」

「筆一本も持たない貧乏人が何故紛れ込んでいるのでしょう。さっさと諦めて田舎に帰ればいいのに」

彼女らはわざと雨蘭に聞こえるよう嫌味っぽく話すが、内容はもっともだ。

もっと早く試験の存在に気付いて勉強しておけばよかったと、雨蘭は自分の不甲斐なさをひしひしと感じ、溜め息をついた。

「君が雨蘭だね。このまま面接に向かってもらう」

惨めな気持ちで部屋に戻ろうとしたところ、試験官に引き留められた。

「私が一番ですか？」

「そうなっている。部屋までは楊美が案内する」

一番出来の悪い人間から面接をすることになっているのだろうか。筆記試験に一問も解答できない者は今すぐ田舎に帰れと言われるのだろうか。嫌な想像ばかりが脳裏に浮かぶ。

いつも前向きな雨蘭だが、珍しく弱気になっていた。

「雨蘭様。扉を叩き、中から返事をいただいた後にお入りください」

雨蘭はいつも丁寧な楊美に礼を言う。深呼吸をして覚悟を決め、鳳凰の紋様が彫られた木の扉を叩いた。

「どうぞ」

「失礼します」

（梁様と明様！　このお二人が面接をされるのね）

見知った顔に胸を撫でおろす。優しく微笑む梁と、対極的に腕を組んで陰湿な雰囲気を撒き散らす明。いつもの二人だ。

面接官の前に置かれた空席に座るよう促され、雨蘭は自分に見合わぬ豪華な椅子に小さくなって座る。

「珍しく落ち込んでいるようだな」

先に口を開いたのは意外にも明だった。いつもより彼の機嫌は良さそうだ。

「先程の試験、一問も解けませんでした」

雨蘭は俯き、服の裾をぎゅっと摑んで正直に告げる。厳しい言葉をかけられるかと思いきや、梁は心をふわふわさせる甘い声で、「気にしないで」と言ってくれた。

「君の生い立ち上、文字が書けないのは仕方ないことだ。僕は三ヶ月が終わるまでに改善の兆しが見えれば良いと思うよ」

「梁はこいつに甘すぎる」

すかさず明が文句を言う。

「筆すら貸してあげない君は意地悪すぎるよ」

「どうせ貸したところでろくに書けないんだ。貸すだけ無駄だろう」

(あの判断をしてくれたのは明様だったんだ)

雨蘭はありがとうございます、と心の中で手を合わせる。

「お前もこれで場違いだと分かっただろう。さっさと田舎に帰る準備をするんだな」

「あの、頑張りますから、もう少しここに置かせてください！」

「読み書きすらできない女は不要だ」

「そこを何とか！　三ヶ月が終わるまでに最低限身につけます」

雨蘭は明都で唯一見つかった就職先である以上、このまま諦めるわけにはいかない。雨蘭は明に向かって必死に頭を下げた。

「読み書きはできないが、これまで学ぶ機会と必要性がなかっただけで、使用人に求められるのなら一生懸命勉強しようと思う。

「君は特殊な身の上だけれど、よくやってくれているよ」

「梁様……」

張り詰めた空気の中、助け船を出してくれる優しい主人に雨蘭は泣きそうになる。

「筆記試験の代わりにいくつか質問させてもらうね。この国の象徴と、その理由は？」

梁からの質問を受け、対面問答の場だったことを思い出す。

少し前の雨蘭だったら答えられず涙ぐんでいただろうが、幸運にも最近学んだことに関する質問だった。

「国の象徴は鳳凰で、理由はえーっと。国名、奉汪国と同じ音だからです。もう一つ、桃の木も古くから親しまれており、装飾に使われることが多く、国の象徴と呼べると思います」

「うん、いいね。じゃあ廟の礼拝において、一般的な方式と、皇族式の違いは何？」

「一般的には線香を一本供えた後、両膝を地につけてお祈りをしますが、偉い人は線香を複数かつ奇数供え、膝はつけずにお祈りします」

何故か燕に教えてもらったことばかりを質問される。言葉に詰まることなく答える雨蘭を見て、梁は満足そうに微笑んだ。

「林檎が十二入った箱が四箱あったら林檎は合計何個ある？」

「四十八個です」

計算なら知識を問われるよりも自信がある。

畑仕事は肉体労働に思えるかもしれないが、限られた敷地に作る畝の数や種を効率的に蒔くことを考えなければならない。簡単な算術知識は必須なのだ。

「五人で分けたら一人何個もらえて、何個余る？」

「一人九個。箱には三個残ります」

雨蘭が素早く答えると、梁は口角を上げ、明に語りかけた。

「ほら、口頭なら問題ない」

「偶然だ。こいつに論策や詩賦ができると思うのか」

「官吏の登用試験ではないのだから、そこまで求める必要はないよ」

「万が一、仮に、宮廷に連れ帰ったとして苦労するのはこいつだ」

明は顎で雨蘭を示す。陛下の孫である梁にも増して態度の大きい男だ。

「そうだとしても、今ここで判断するのは時期尚早だと思うな。彼女の宣言を信じ、三ヶ月が終わったところでもう一度確認することにしよう」

「はぁ。もう好きにしろ」

どうやら明の方が折れたようだ。雨蘭は二人の様子を窺いながら、恐る恐る尋ねる。

「ここに残していただけるということでしょうか？」

「うん、大変だと思うけど頑張って」

「ありがとうございます！」

雨蘭は絶対に頑張ろうと心に誓い、勢いよく頭を下げた。

＊

「はぁ……」

溜め息をつきながらも、箒を動かす速度は緩めない。

（三ヶ月が終わるまでに読み書きできるようになると宣言しちゃったけど、そもそも勉強ってどうやってするんだろう）

梁の恩情により追放を免れた雨蘭だが、問題を先送りにしただけだ。二ヶ月と少し後に予定されているという最終試験では、きっちり成果を求められるだろう。

「あの田舎娘、まだいるのね。何のための試験だったのでしょう」

「清掃要員なのでは？　燕様だけで廟の管理をするのは大変でしょうから」

本日の掃除当番である女性たちの話し声が聞こえてくる。隣部屋の二人だ。埃叩きを持ったまま軒先でお喋り（しゃべ）りをしているので、雨蘭は相談してみることにした。

「あの、勉強とはどのようにするものなのでしょうか？」

突然話しかけられた二人は大きく目を見開き、互いに顔を見合わせる。しばらくすると、驚きは嘲笑に変わった。

「ふふふ……貴女、本気で言ってるの？」

「筆も持っていないような下民が今更勉強？　どうせ身にならないから、やめておいた方が身のためだと思うわ」

「私は本気です！　三ヶ月が終わるまでに読み書きできるようになると約束したんです」

最初は口元を隠していた彼女らだが、真剣な雨蘭をよそに、ついには腹を抱えて笑いだした。

「いい方法を思いついた」

「何ですか？」

「生まれるところからやり直せば良いのよ」

「あはは！　そうね、それしかないかもしれない」

結局、雨蘭は有益な情報を得られないまま掃除を終え、部屋に戻った。

朝夕の食事の手伝いと廟の掃除をしている雨蘭の自由時間は、夕方の仕込みが始まるまでと、夕食の片付けが済んでからに限られている。

一刻も早く勉強を始める必要があるのに、その方法を考えている間にも時間は無常に過ぎてしまう。

「酷い顔。追い出されることが決まりでもしたの？」

よほどおかしな顔をしていたのだろう。雨蘭の存在を十分の九の確率で無視する梅花が声をかけてきた。

「いえ、まだです」

「あら残念」

「読み書きできるようになりたいんですけど、どうやって勉強したら良いのか分かりません」

悔しくて唇をぎゅっと噛み締める。食べ物が底を尽きたり、父親が亡くなったり、これまでの人生にも辛いことはたくさんあったが、自分の力不足に悔しさを感じるのは初めてのことだった。

「日頃から鬱陶しい女だけど、泣かれるともっと面倒だからやめて頂戴」

「……はい」

潤んだ目から雫がこぼれてしまわぬよう、雨蘭は天井を向く。

「ふん。特別、貴女のような大きな赤ん坊向けの書物を用意してやったわよ」

「え」

「貴女の寝台の上」

指示された場所を見ると、古そうな巻子本がたくさん積まれている。

「実家に確認したら、私が二、三歳の頃に使っていた教本が残っているというから送ってもらったの。屈辱的でしょう」

「梅花さん……ありがとうございます……！　持つべきものは友ですね」

「友人になった覚えはないわ。訂正して」

相変わらず言葉は辛らつだが、彼女の行いは雨蘭の助けに他ならない。

喜びのあまり梅花に抱きつこうとすると、未だ等分されていない境界線を越えるなと怒られた。

「でもどうして、わざわざ私のために本を？」

「貴女に嫌がらせをするために決まっているじゃない」

「嫌がらせなら、他にも簡単な方法がありますよね」

（はっ、また口ごたえをしてしまった）

怒られると身構える雨蘭だったが、梅花は扇で顔を隠すようにしてぼそりと呟く。

「……先日の面接で梁様に褒められたのよ。出自の異なる人間とも上手くやれてるって」

「わぁ、流石梅花さん」

無邪気に拍手をする雨蘭に、梅花はまた怒鳴りつけた。

「勘違いしないで！　不本意だけれど、梁様は貴女のことを気に入っているようだから、利用することにしたの！」

雨蘭は彼女の言動にすっかり慣れていた。むしろ、照れを必死に隠しているところが可愛いと思うし、好きな人に気に入られようと、誇りを捨ててまで雨蘭に歩み寄ろうとするところも素敵だと思う。

彼女の可愛らしい一面に気分が上がった雨蘭は言葉を続けた。

「梁様は女として私を気に入っているのではなく、使用人として期待してくださっているのだと思います」

「そうよね。そう思わないとやってられない。私がこんな田舎娘に負けるはずがないじゃないの」

「その意気です！　それに、梁様は梅花さんのことをこの世のものとは思えないくらい美人と仰っていましたよ」

「なっ、それは本当なの⁉」

梅花は一瞬で赤く染まった顔を扇でさっと隠してしまう。

(あれ。私がそう言ったのを肯定しただけだったような気もするけど、それは梁様も美人って思ってるってことだよね)

今さら事実を述べるのも憚られたので、雨蘭は元気よく「はい！」と返事をした。

＊

夕食の片付けから戻った雨蘭は、先に眠っている梅花を起こさないよう、そっと部屋に入り、教本を持って廊下に出る。

夜に慣れた目であれば、月の光のおかげで歩くには困らない。ただ、勉強をしようと思うと明かりが足りなかった。

(私に灯具を買うお金があればなぁ。どうせ梅花さんに怒られるから部屋で夜更かしはできないけど)

どこかに勉強できる場所はないかと、雨蘭は広大な敷地を彷徨う。

随分歩いてようやく、北側の辺鄙な場所に灯りのついた建屋を見つけた。雨蘭の実家より、一回りも二回りも大きいが、他の立派な建物と比べてこぢんまりとしている。

（こんなところに何の建物だろう）

格子窓に近づくと、室内は煌々と灯りがついており、窓の下であれば十分書物が読めそうなことが分かる。

窓に人影が映ってばれないよう、雨蘭は地面に這いつくばって移動する。中から覗き込まない限りは見えない位置に座り、巻子本を開いた。

（よし、見える。今日はここで勉強しよう）

梅花がくれた本には、文字の意味が絵で示されている。自分が既に覚えている音を文字と紐づけていくことで、読み書きの習得ができるようになっていた。

今晩中にこの巻物に書かれた文字全てを覚えてしまおうと目標立てた雨蘭だが、半分も進まないうちに抵抗し難い眠気が押し寄せてくる。

「おい」

「ふぇ？」

うつらうつらしていたのだろう。誰かの声で意識が浮上する。雨蘭は暗闇に立つ黒い男が誰なのかを認識すると、口元に垂れた唾液を慌てて拭い、姿勢を正した。

「明様……何故ここに？」

雨蘭は恐る恐る明の機嫌を窺う。

「それはこちらの台詞だ。人の気配がすると思って出てきたら……何故こんなところで居眠りをしている。ここは俺の暮らす離れだ。人払いをしているはずだが」

「灯りのあるところで勉強しようと思っていたんですけど、いつの間にか眠ってしまったみたいです」

人払いをしていると明は言うが、ここへ来るまでの間、特に見張りがいるわけではなく、誰かに止められることもなかった。注意書きがどこかに置かれているとしたら、字の読めない雨蘭は気づかなかった可能性もあるが。

「はぁ。先が思いやられるな」

もっさりとした前髪のせいで正確には分からないが、明は恐らく幼児向けの教本に視線を向けた後、溜め息をついた。

「塵も積もれば山となるという言葉がありますし、頑張ります」

「塵がいくら積もったところで何の役にも立たないぞ」

「……それもそうですね」

妙に説得力のある言葉に、雨蘭は「流石は官僚！」と感動してしまう。

「せめて誰かの教えを乞え。話すことができるのなら、単語でなく文章で文字を学んだ方が早い」

「それなら明様にお願いしたいです」

立ち去ろうとしていた明の動きがぴたりと止まる。

「……喧嘩を売っているのか？」

「明様は厳しい試験に合格されて官僚になったんですよね？　ぜひ、明様に教えていただきたいです」

「違う、俺は——。とにかく、お前に構っている時間はない」

良い案だと思ったが、明は嫌そうだ。梅花には既に先生役を断られ、萌夏も教えられるほどの知識はないとのことだった。昼間なら燕に教えてもらえるかもしれないが、老人の夜は早い。

「他に教えてくれるような人がいないんです。あとは梁様くらいでしょうか」

雲の上の存在に頼むつもりは全くないが、雨蘭は頭に浮かんだ優しい人物の名前を口にした。

「梁には絶対頼むなよ。あいつは引き受けかねない」

「はい。私もそのくらいは弁えています」

「俺のこともそのくらい敬え」

明の不満げな声が拗ねた子どものようで、田舎の弟を思い出した雨蘭は顔を緩める。

「その顔は何だ」

「何でもありません！　では、教えてもらうのは諦めるとして、せめてここで勉強をすることは許してもらえませんか？　灯りが必要なんです」

「灯りくらい、楊美に手配を頼めばいいだろ」

「貧乏人には毎日の灯りを買うお金すらありません。お願いします。明様だけが頼りです！」

全力で頭を下げると、返事よりも先に舌打ちが聞こえてくる。雨蘭は頭を下げたままびくりと体を震わせるが、返ってきたのは意外な言葉だった。

「好きにしろ。但し、俺も毎晩遅くまで灯りを使うわけではないからな」

「ありがとうございます！」

明の怖そうに見えて実は優しいところは、同室の友人と似ているかもしれない。

思いがけない収穫に嬉しくなった雨蘭は、気合を入れ直すのだった。

＊

明の許可を得てからというもの、雨蘭は夕食の片付けを終えると全力疾走で北の離れに向かうようになった。

明はあれ以来何も言わず、灯りを使わせてくれている。時折、視線を感じることはあったが、彼が雨蘭の前に姿を現すことはない。

「アンタ毎晩どこへ行ってるの？」

雨蘭が慌てて賄いを掻き込む様子を見て、不思議に思った萌夏が問いかけてくる。

「北の離れの方に勉強をしに行っています」

「北の離れって北東の角？」

「はい」

「あの区域はウチらみたいな一般人が入って良い場所じゃないよ」

雨蘭は咀嚼をしながら瞬きを繰り返す。人払いをしてあるというのはどうやら本当で、ここで働く者の間では常識だったらしい。

「一応許可はとってあります。窓から漏れる灯りを使わせてもらっているだけです」

「ふぅん。それならいいけど、問題起こして追い出されないようにね」

「そうならないよう気をつけます」

雨蘭は苦笑する。話がややこしくなるので既に問題を起こしかけたことは黙っておこう。

「勉強するのは良いことだけど、アンタ本当に大丈夫？　無理は禁物だよ」

「はい。体と頭、どっちも均等に使うので良い感じです！」

そうは言ったものの、ここ数日の雨蘭には疲れが滲んでいた。

久しぶりに体を動かした後に痛みが生じるように、普段使わない頭を酷使しているせいでこめかみあたりが痛む。仕事、仕事、勉強、仕事、勉強と、休む暇なく頭と体を動かし疲れているはずなのに、夜は何故か目が冴えてしまって眠れない。

それでも頑張るしかないのだ。平々凡々――いや、それ以下かもしれない雨蘭が他の候補者たちの一般教養水準に追いつくためには、彼女たちよりも更に多くの努力をする必要がある。

「これ、持ってきな！」

萌夏は無花果の葉に包まれた発酵肉を渡してくれる。彼女がひっそり料理場で仕込んで、毎晩持ち帰って食べている大事なおつまみだ。

「萌先輩の夜食では⁉」

「いいの、いいの。ウチはいい加減食事制限をしなくちゃ」

「ありがとうございます！」

周りにたくさん助けられている分、一層頑張らなければ。雨蘭は自分に言い聞かせ、その後も朝晩の睡眠時間を削って勉学に励んだ。

＊

（ああ、しまった）

調理中、眩暈（めまい）がして手元がおろそかになった。大根の皮を剝いていたはずが、自身の指に包丁の刃がざくりと刺さっている。

昔はよく失敗して手が傷だらけになったものだなぁ、と雨蘭はぼんやり考える。思考は殆ど動きを止めていた。

隣で菜っぱを刻んでいた萌夏が血を流しながら佇む雨蘭を見てぎょっとする。

「アンタ、えらいこっちゃ！」

「このくらい大丈夫です」

それよりも雨蘭の意思とは無関係に襲い掛かってくる睡魔の方が問題だ。

「やる気のない奴は今すぐ出て行け！」

ドンっという大きな音とともに、怒鳴り声が飛んでくる。料理長は調理台に拳を叩きつけ、怒りで体を震わせていた。

「すみません、集中します！」

これまでも厳しく指導されることはあったが、出て行けと言われるまで激昂させてしまったのは初めてだ。

雨蘭は反射的に頭を下げた。寝不足のせいか、傷口から血が流れたせいか、一瞬目の前が真っ暗になる。

「その状態で調理する気か⁉　料理に血が入ったらどうするんだ！」

「すみません！　先に止血します！」

「帰れ。その状態が続くのであれば、二度と来なくて良い」

料理長はそう言い捨て、調理に戻る。彼はもう雨蘭のことなど見えていないかのようだった。

どう行動するのが正解か分からず立ち尽くす雨蘭を押しのけ、熟練の彼はあっという間に大根の皮を剝いてしまう。

見兼ねた萌夏が、そっと雨蘭に声をかける。

「アンタ顔色悪いよ。早く帰りな。あれくらいの怒り方ならよくあるから大丈夫。傷の手当てをして、しっかり休むこと。少なくとも今日は顔を見せない方が良いね」

長年料理長のもとで働く先輩の言うことに従った方が良いと判断し、雨蘭は応急処置をした後、教本を抱えて静かに調理場から立ち去った。

(折角任せてもらえる作業が増えてきたのに、一瞬でダメになっちゃった)

心と体がどんより重い。水で流し、布を巻いただけの傷口からは未だにじんわり血が漏れている。

いつもならすぐに切り替えられる雨蘭だが、今はただ泣きたい気分だった。

「梅花さん？」

この状態を誰かに相談したかったが、頼みの綱である梅花は部屋にいなかった。

日の沈み切らない時間帯に雨蘭が戻ってくるのは初めてのことだが、そろそろ夕餉の時刻だ。普通なら部屋にいそうなものだが、散歩にでも出かけているのだろうか。

「梅花なら実家に戻ってるわよ」

向かいの部屋から、窓格子越しに声がかかる。香蓮だ。

部屋を空けることが多いので気にしていなかったが、香蓮と春鈴は向かいの部屋の住人だ。二人の好む甘いお香の匂いが廊下にまで流れ出ている。

「そうでしたか。教えてくださりありがとうございます」

「丁度良かった。貴女に用があったのよ」

「私にですか？」

何のことだろうと首を傾げていると、春鈴が可愛らしい声で言う。

「そうよ。この前、水をかけてしまったお詫びにお菓子を用意したの。中に入って」

「は、はい」

雨蘭は緊張の面持ちで向かいの部屋にお邪魔した。

「はい、ここに座って。お茶をどーぞ。荷物は預かるよ」

春鈴に勧められるがまま、雨蘭は椅子に座らされ、もてなしを受ける。

「そんなに緊張しなくても良いのよ。私たち、貴女と仲直りをしたいの」

机を挟んで向かいの席についた香蓮は、雨蘭に笑いかける。今までとはまるで別人だ。

「これまで意地悪してごめんなさい。これ、流行りの店から取り寄せたの。良かったら食べて」

春鈴は葉に包まれた何かを雨蘭の前に置く。お香のせいで鼻の調子がおかしいが、微かな小豆の匂いからして餡入り団子だろうか。それよりも気になるのは包みの匂いだ。笹の匂いに似ているが、ほんのり酸っぱさが鼻につく。

折角の厚意を無下にはできない。傷の痛みをぐっと堪え、葉を縛る紐をほどいた。

「これは……」

雨蘭は息をのむ。見た目は食物を包むのに使われる笹にそっくりだが、よく見ると葉脈の通り方が異なる。

至近距離で匂いを確かめれば笹との違いは明らかだ。これは田舎で笹もどきと呼ばれている毒性の植物だ。

「私たちはもういただいたから、どうぞ遠慮なく召し上がれ」

「お二人とも食べたんですか⁉　今すぐ吐き出した方が良いです！　この葉っぱ、笹に似ているけど笹じゃないんです」

雨蘭が慌てて訴えかけると、目の前に座る二人から笑顔が消えた。

「はぁ、つまらない」

「え？」

動揺して立ち上がる春鈴に対し、香蓮は机に膝をついて冷たい目で雨蘭を睨んだ。

「ばれたって、どうせこの良い子ちゃんは誰にも言わないでしょ。むしろ勘違いさせたままの方が面倒なことになる」

「それもそうね」

雨蘭を置き去りにして、二人の間で話がついたらしい。

「私たちは食べてないから安心して。それは貴女のために特別に用意したの。何の葉か知らないけど、有毒なのでしょう？」

香蓮は繕うことを止め、いつもの淡々とした口調でとんでもない発言をした。

「毒があると知っていて私に食べさせようとしたのですか？」

雨蘭はぽかんと口を開けて尋ねる。

「そうよ」

「どうしてそんなこと……」

「字も書けない農民のくせに、梁様に気に入られて目ざわりだから。それだけ」

「梁様は雨蘭を見習って〜、とか面談で言ってたけど何を見習うの？　教養がないふりをして、楽しく掃除をすれば良いわけ？　嫁入りのために私たちがこれまでどれだけ努力してきたと思ってるの！」

二人の言葉は容赦なく雨蘭の胸に刺さった。

雨蘭からしてみれば梁に気に入られているのは彼女たちの勘違いで、仮にそうであったとしても雨蘭に毒団子を食べさせたところで事態は何ら解決しない。

けれども、彼女たちは大して意味のないことをしてしまうくらい梁との結婚に本気で、雨蘭のことが疎ましいのだ。いつもなら何てことない言葉も、今日は何故か受け流すことができない。

面と向かって叩きつけられる嫌悪を前に、雨蘭は小さな声で「ごめんなさい」とだけ謝った。

「私たちが幼児向けの教本で勉強している田舎者より下だなんて、最早笑いがこみ上げてくるわ。幼い頃から遊ぶことも許されず、辛い勉強も、厳しい花嫁修業も必死に耐えてきたというのに」

春鈴は雨蘭が預けた巻子本の紐を雑にほどき、芯を床に転がして紙を広げる。香蓮はそれを奪うと、勢いよく真っ二つに破り捨てた。

「あ！」

「本当に悪いと思ってるなら、さっさと梁様の前から消えなさいよ」

雨蘭は何も言い返すことができない。

「分かったならお帰りくださ〜い」

春鈴はわざわざ席を立ち、早く出ていけと言わんばかりに引き戸を開けた。

雨蘭は破れた教本を拾い上げ、重たい足取りで部屋を出る。

それだけで済めば良かったが、ぼんやりしていた雨蘭は春鈴の出した足に蹴躓き、廊下に顔面から倒れ込んだ。

「……っ!!」

咄嗟に手が出たものの、つい先程怪我をしたばかりの手だ。血の匂いがぶわりと広がる。

傷口が開いたようだが、痛みを感じないので雨蘭は気づかないふりをする。春鈴の笑い声もどこか遠くから聞こえるようだ。

(時間ができたんだから勉強しなくちゃ)

雨蘭は最早自分が正常な判断をできていないことにも気づかず、おもむろに立ち上がり、北の離れへと向かう。

道中、お膳を運ぶ使用人たちとすれ違うと、厨房で顔を合わすことの多い彼女たちは心配そうに声をかけてくれたが、雨蘭は「大丈夫」と笑って返した。

(大丈夫、大丈夫よ、雨蘭)

心の中でそう何度も唱え、自分に言い聞かせる。そうでないと一歩も動けなくなりそうだった。

（……灯りが消えてる。明様、いないのかな？）

窓から建物の中を覗いてみるも、薄暗い室内に人の気配はない。どうやら明は出掛けているようだ。

毎晩灯りを使うわけではないと明は言ったが、大抵は雨蘭が睡魔に襲われる時間帯まで点いている。来た時点で既に消えているというのは初めてのことだった。

（仕方ない。今日は諦めて別の場所を探そう）

間もなく灯りなしで文字を読めない時間になる。あてもなく彷徨ったところで、果たして勉強できる場所は見つかるのだろうか。

不安と焦燥がどっと雨蘭を襲う。

今日は何もかも上手くいかない。

廟に残りたいとわがままを言ったくせに十分な働きをすることもできず、周りに迷惑をかけるばかりだ。きっと、誰も雨蘭がここに残ることを望んでいないだろう。廟の掃除も、朝夕の調理も、都を探せば他にいくらでも優秀な人材が見つかるはずだ。

（明様も私が出ていくと聞いたら喜ぶのかな）

視界が滲む。何故こうも悲しいのだろうか。

ひたすらに落ち込んでいると、遠くから先を急ぐ足音が聞こえてきた。雨蘭は涙を堪えて立ち去ろうとする。

「おい、何があった」

馴染みのある声が耳に届く。

こちらに向かって足早に歩いてくる男が明であること。そして雨蘭の身を案じるような言葉をかけてくれたと知った時、堰(せき)を切ったように大粒の涙が溢れ、彼の元へと駆けだした。しかし、数歩進んだところで雨蘭の足が止まる。

(あれ?)

地面が回転している。そう錯覚するほどの強烈な眩暈に襲われ、立っていることができない。倒れかけたところを明が駆け寄って支えてくれた。

「大丈夫か?」

「ごめんなさい。何だか体がおかしくて」

雨蘭は明の腕にすがる。

後で文句を言われるであろうことも、彼は自分のような人間が気安く触れて良い人間ではないということも分かっている。

ただ、今はそれどころではない。目を閉じてみても回転するような眩暈が続く。体に力が入らないどころか吐き気と悪寒まで加わり、雨蘭は明の腕の中でじっと耐えることしかできない。

「お前、それ。血か？」

「あ……。またかなり出血していたみたいですね。汚してしまってすみません」

布から染み出た血液が雨蘭の左腕と明の衣服を汚している。

「他の女にやられたのか」

「いえ、私の不注意で調理中にざっくり切ってしまいました」

雨蘭はなんとか笑ってみせる。

傷が開いたのは春鈴のいたずらのせいでもあるが、それも雨蘭が気を付けていれば避けられたはずだ。

「歩けるか？」

「すみません、無理そうです」

「暴れるなよ」

明がそう言った瞬間、ふわっと体が浮き雨蘭は明に横抱きにされていた。

力仕事とは無縁の人間が抱えたら潰れてしまうのではないかと思ったが、杞憂だったらしい。明は軽々と雨蘭を抱えて歩く。意外と逞しいのだな——髪で隠れた横顔をぼんやり見つめながらそんなことを思った。

（……明様の匂い、優しくて安心する）

あまり匂いのしない人だと思ったが、近づけば分かる。何とも形容しがたい、自然で柔らかな匂いがする。きっと、お香などは好まない人なのだろう。その匂いに安心したのか、眩暈が少しだけ和らいだ。

「その状態で勉強するつもりだったのか」

ふと明が尋ねる。

「はい。あとふた月の間に読み書きできるようにしないといけないので」

彼は雨蘭を抱えたまま、建屋の錠を器用に開ける。どうやら中に入れてくれるつもりらしい。

「お前は何故、そこまでして廟に残ろうとする」

「家族の暮らしを支えるためです。でも、それは自分のためでもあります」

「どういうことだ」

家族が生きていくために雨蘭は働かなければならない。それは自分にとって大切な家族を護るための行為であり、要するに自分のためでもある。そのままの意味だが、明には伝わらないようだ。

「明様には家族——大切な人はいませんか？」

「いないな。両親は既に他界しているうえ、生前も大切だと思ったことはない」

「梁様は？」

「あれは俺がいなくとも問題ない」

はじめて明の身の上話を聞くが、なかなか複雑なようである。梁と明、幼馴染である
はずの二人もあまり仲が良くないのだろうか。

明は薄暗い部屋の中を進み、雨蘭をそっと寝台に下ろした。彼の匂いが一層濃くなる。

「ご迷惑をおかけしてすみません」

「いつものことだ。いちいち謝られる方が気持ち悪い」

「私、全然駄目ですね。こんなことになるなら、田舎に帰れば良かったのかも」

思わず泣き言を漏らした雨蘭は、自分がこんなにも弱い人間だったと知る。

「……家族を支えるんだろ。最終判断をするのはふた月後だ。結果が出なかったとして
も、お前の無駄な努力だけは認めてやる」

それみたことか、と責められると思っていた雨蘭にとって、明の返事は意外だった。

雨蘭の弱さも丸ごと肯定してくれたような気がして、冷え切った心に僅かな温度が戻っ
てくる。

「明様、もしかして、私のために急いで帰ってきてくれたんですか？」

勘違いだったらそれで良い。ただ、仄(ほの)かに混ざった汗の匂いを感じて雨蘭は尋ねる。

もしかしたらこれまでも、夜は雨蘭のために灯りをともしてくれていたのではないか。

「偶然だ」

明は誤魔化すが、声が上ずっている。

「ありがとうございます」

「馬鹿なこと言ってないで大人しく寝ていろ。すぐに医者を呼ぶ」

医者だなんて大袈裟な、と雨蘭は思ったが、少しずつ意識が遠のいていく。

「明様にもいつか大切な人ができると良いですね」

雨蘭は祈るように呟くと、意識を手放した。

＊＊

――明様にもいつか大切な人ができると良いですね。

田舎娘は力なく笑ってそう言った。

家族。大切な人。明には馴染みのない言葉だ。

幼い頃は今より多少素直な人間だったと思うが、それでも特定の誰かを大切に想ったことも、想われた記憶もない。

明は梁と一緒に、殆ど使用人に育てられたようなものだ。両親は明が少年期を迎えるまでは生きていたが、自分たちの子に興味を持つことはなかった。

父にとっては複数いる女の一人から、望んでもいないのに偶然生まれた子に過ぎなかったのだろう。

母は父に激しい執着を見せていたが、明のことは邪険に扱っていた。父に愛されなくなったのはお前のせいだと顔を合わす度に恨みをぶつけられ、徐々に憔悴していった彼女はついに人であることを止めた。

母が亡くなったと知らされた時、明が何を思ったか。雨蘭が知ったらどんな顔をするだろう。軽蔑か、それとも同情か。

「疲労と出血が原因だと思われます。血は止まりましたので、しばらく安静にしていれば自然に回復するかと」

処置を終えた男は明に容体を説明する。今は廟に常駐させているが、皇族お抱えの医者だ。間違いはないだろう。

真っ青だった雨蘭の顔色も、少しましになったように感じる。

「助かった。下がって良い」

医師は頭を下げると静かに出ていった。入れ替わるようにして足音が近づいてくる。

「お医者さんが来ていたみたいだけど、どうかしたの？」

最悪だ。何故こうも来てほしくない時に限ってこの男は訪ねてくるのか。

ふらりと現れた梁は寝台に横たわる雨蘭と、明を交互に見て「もしかして襲ったの？」と真面目な顔で聞いてくる。冗談のつもりだろうが、全く面白くない。

「端的に話すと、この女が俺の目の前でぶっ倒れた」

「このところ根を詰めて勉強していたからな。寝不足でぼんやりしていたせいで手を切ったんだろ」

梁は驚いているようだ。それはそうだろう。簡単に倒れるたまではないと誰もが思っている。

明とて驚いた。倒れるだけでなく、涙を滲ませ弱音を吐く姿まで目の当たりにすることになろうとは。馬鹿みたいに前向きで、うざったい女だと思っていたが、弱った姿を見るのもまた違った意味で苛立つ。

一体何が――いや、誰が彼女をそこまで追い込んだのか。

無残に破かれた巻子本が、勉強だけが原因でないことを物語っている。

「明が勉強を見てあげていたんだ」

「俺は灯りを貸していただけだ」

「それなら僕が勉強を見ようか」

「止めろ。お前が関わると他の女どもがまた騒ぐ」

大方、教本を破いたのは候補者たちの誰かだろう。

「でも、このままにしておいて、また倒れられても困るな」

梁の遠回しな発言に圧を感じる。いつもの明なら気づかぬふりをしてやり過ごすが、幼馴染に言われなくとも気持ちは固まっていた。

「俺が見てやれば良いんだろ」

「ありがとう」

梁は満足そうに頷く。新たな仕事を与えられたとでも思っているに違いない。

「そうだ、役割分担決め、もう終わっているかな」

「……ああ」

「何、その間」

適当に作るだけ作って、梁に戻すことをすっかり失念していた。

「修正が必要かを考えただけだ。机にあるのを持っていってくれ」

一瞬、勢いで書いた雨蘭の役割を変更することを考えたが、今の状況を鑑みるとあれが最善案だろう。

雨蘭は他の候補者たちの標的となっている。この分担なら、彼女に向く嫉妬を少しは減らすことができるかもしれない。

＊

「雨蘭」

誰かに名前を呼ばれた気がした。男の声だ。いつまで寝ているつもりだという言葉が、少し寂しそうに付け加えられる。

（あれ？　私、何をしていたんだっけ。ぼんやりしていたら手を切って、毒団子を食べさせられそうになった後、勉強をしようと思って離れに来たら明様が……明様？）

そうだ。先ほど雨蘭の名前を呼んだのは明の声だ。雨蘭の記憶は明に寝台まで運んでもらったところで途絶えている。そうであるということは――。

「わ――――っ！！！」

思わず叫びながら飛び起きる。見慣れぬ部屋に、窓から差し込む光、そして椅子に座る明。間違いない、雨蘭はあのまま眠ってしまったのだ。

「もう少し静かに起きられないのか。驚くだろ」

「明様！　昨晩はすみませんでした！」

雨蘭はその場で平伏する。

「一昨日の晩だ」

「一昨日⁉」

「二日丸々寝ていた」

「そ、そんな……どうしましょう、お手伝いを無断でさぼってしまいました」

よく見ると部屋に差し込んでいるのは朝日ではなく夕日だ。廟の掃除はさておき、本当に二日丸々寝ていたのだとしたら、料理長は出ていったまま戻らぬ雨蘭に怒っていることだろう。

雨蘭にとっては一番気がかりなことであったが、明は腕を組み、不服そうにふんぞり返っている。

「元々必要ないことだ、別に良い。それよりも家主を差し置いて寝台で眠りこけていたことを謝るんだな」

「はい！ 申し訳ありませんでした！」

怒りはごもっともだ。雨蘭は急いで寝台から降りる。

「体調はどうだ？」

彼の気遣うような言葉に少しだけ驚く。

まだ少し頭は痛むが、ひどい眩暈も、重い眠気もすっかり消えている。それとともに、不安や焦燥、憂鬱な気持ちもどこかに吹き飛んでいた。

「大丈夫だと思います」

左手には白い布が何重にも巻かれている。医者が手当てをしてくれたのだろう。

服は使用人着に替わっており、二日経っているわりに不潔な感じがしないので、誰かが体を拭いてくれたのかもしれない。

「まさか明様、私の体を拭いて……」

「俺がそんなことするわけないだろ。世話は楊美のところの使用人に任せた。身に着けていたものは洗ってお前の部屋に届いている頃だろう」

「そうでしたか。ありがとうございます」

雨蘭は辺りを見回した。空間ばかり広くて、最低限の物しか置かれていない簡素な部屋だ。

「何を探している」

「私が持っていた巻物を知りませんか？」

「ああ。あれなら血で汚れ、破れていたから捨てた」

「捨てた⁉　そんなぁ……」

汚れ、破れていたとしても雨蘭にとっては貴重な教本だ。あれなしで、これからどうしていけば良いのか。

途方に暮れる雨蘭に、明は代わりの物を用意すると約束してくれた。

「ありがとうございます！　では私は行きますね、料理長に謝らないと。お世話になりました！」

「っ、待て」

明の台詞に雨蘭は振り返る。しかし、当の本人は苦い顔をして数度口を開閉し、「何でもない」と言うと黙ってしまった。

どこか変な明の態度を不思議に思ったが、今は調理場のことしか考えられない。雨蘭は頭を下げ、建屋を飛び出した。

「料理長、昨日、いや一昨日？　はすみませんでした！」

突然現れた雨蘭に、調理場に居合わせた一同の視線が向く。

「体はもう良いのか？」

唯一包丁を動かし続けていた料理長が口を開いた。怒られるかと思いきや、その声はいつも通りだ。

「はい。何故それを？」

「昨日、明様が来て事情を説明していかれた。これからは新たに人をあてがう代わりに、お前には夜食を作って離れに持って来させるようにとのことだ」

「明様が……。承知しました。では早速！」

明の気遣いに驚きつつ、雨蘭は腕まくりをする。

「怪我した手で何を言っているんだ。今日は俺が作る。お前はできる範囲で片付けでもしていろ」

「……はい」

しゅんとした雨蘭は、大人しく散乱した調理具を片し始める。

調理場には萌夏の他に、見知らぬ男が二人増えていた。雨蘭の代わりに増員された人たちだろう。

調理場のことなど、どうでも良いという態度をとりながら、明は気を回してくれていたのだ。

(明様……。こんなに気遣ってくれていたなんて)

焦って飛び出してきてしまったが、もっと丁寧に感謝を伝えるべきだった。

歩けない雨蘭を運んでくれたこと。意識を失った後も自分の寝台を雨蘭に譲り、恐らく容体を看てくれていたこと。明のしてくれたことを一つ、一つ考える。

大切な人などいないと明は言ったが、気づいていないだけで、彼は誰かを大切にできる人ではないか。片付けをしながら雨蘭はそんなことを思っていた。

*

夜食を持った雨蘭は、北の離れの扉を叩く。

ここを勢いよく飛び出した時は、すぐに戻ってくることになるとは思っていなかった。結局、夜食をもらい受けに調理場へ行ったようなものである。

「こんばんは。夜食をお待ちしました」

　扉の隙間から顔を覗かせた明の出方を雨蘭はじっと窺う。

「入れ。食事はそこの執務机に置け」

「は、はい」

「置いてそのまま帰るなよ。少し待っていろ」

　締め出されるどころか再び部屋に上げてくれたことに驚きながらも、雨蘭は言われた通り食事の入った竹籠を机に置く。

　明はこの時間まで仕事をしていたのか、机には巻子本が山積みになっている。梁からは仕事に熱心でないと聞いていたので、少し意外だった。

「これは？」

　一度奥に引っ込んだ明は墨や硯、複数の巻物を持って現れると、それを雨蘭に押し付ける。

「新しい教本と、使ってなかった道具だ。お前にやる」

「ありがとう……ございます」

「突っ立ってないで勉強しろ」

「ここで、しても良いのでしょうか」

　机と明の顔を交互に見る。「外でしろという意味だ」と言われると思ったが、彼は「そこに座れ」と執務机の前に置かれた椅子を顎で示した。

「明様が優しい……？」

「毎日毎日、地面に這いつくばって勉強するお前が哀れに思えてきただけだ。また倒れられても困るしな」

明は執務机にどっかり腰を下ろし、夜食を食べ始める。

雨蘭は机を挟んで彼の面前に座り、勉強を始めた。日常的に使う単語はかなり覚えられたので、もらった筆を使って文章を書いてみようと思ったが、そもそも道具の使い方を知らない。

筆をぎこちなく握ったまま、ちらっと明の方を窺ってみる。

「何だ、お前も腹が減っているのか」

「そうではなくて、えーっと、道具の使い方を教えてください」

「はぁ。世話の焼ける奴だ」

明は溜め息をついて食事を中断すると、雨蘭の背後に回り、そのまま覆いかぶさるようにして筆に手を重ねた。

急な接近に驚いた雨蘭は、思わず変な声を上げそうになる。

「あのっ、墨はどうやって準備するんですか？」

「……そこからか。先に硯に水を入れてから擦る。やってみろ」

明の手が離れてほっとしたのも束の間、墨を擦り終わると彼はまた当然のように手を重ねるではないか。

近くから香る明の匂いに、雨蘭の心は一層落ち着かなくなる。

「まずは基本の筆の運びを覚えること」

「は、はい」

身体を強張らせたまま、明の腕の動きに導かれるようにして、紙の上に文字を書いていく。

彼はこうだ、こうしろと説明しながら、意外にも丁寧に教えてくれた。

（この状態、いつまで続くの⁉）

初めて紙に文字を書いた喜びよりも何故か緊張が勝る。

「覚えたか？」

「はい、たぶん」

「自分で書いてみろ」

返事をすると明はようやく離れ、自身の席へと戻る。雨蘭はドキドキとした余韻に浸りながらも、早速いくつか文字を書いてみた。

「そこ、字を間違えている」

「あっ、棒が一本足りませんね⁉」

（あれ？）

「文章は成り立っているが、その言葉は書き言葉としてはあまり使わない」

「なるほど……書き言葉と話し言葉で少し違うのですね」

(あれれ?)

「料理の最中、包丁で手を切ってしまいました。という文章の場合、してしまったの部分はどう書けば良いですか?」

「意図せず、ということであればこの文字を入れろ」

(明様が、勉強を見てくれている……?)

一人で勉強するよりも、遥かに効率が良い。

結局、「今日はここまでにしろ」と言われるまで、彼はつきっきりで先生役をしてくれたのだった。

「今日はありがとうございました。明様の教え方、とっても分かりやすかったです」

「……そうか」

相変わらず素っ気ない返事だが、口調は柔らかい。

「明様は何故女性に好かれないのでしょう」

気の緩んだ雨蘭は、つい頭に浮かんだことをそのまま口にしてしまった。

「腹の立つ言い方だな」

「ええ、そんなつもりは」

嫌味のつもりはない。ただ、頭が良くて、地位もあって、一見怖いけれど優しい明に、廟にいる女性たちが目もくれないのは何故なのか不思議に思っただけだ。

「俺は梁のように優しくないからな」

「優しい、と思いますけど」

「そんなことを言うのはお前くらいだよ」

一瞬ふっ、と明の口元が綻んだ。

(明様って笑うんだ)

初めて見る表情に雨蘭は思わず目を見張る。

明と少し打ち解けることができたような気がして何だか嬉しい。

「そういえば、明様はお顔を出さないんですか？」

顔の半分を隠す前髪を上げ、乱雑に伸びた髪をさっぱりさせれば、かなり印象が変わるだろう。それに、彼が普段どのような表情をしているのか見てみたい。

しかし、明は「出さない」と瞬時に答える。

(もしかして、見せられないほど酷い顔をしてるのかな)

昔大きな火傷(やけど)を負ったとかで、真夏でも長袖の服を着る隣人がいたことを思い出す。

触れられたくないことかもしれないと、雨蘭はそれ以上追及するのをやめた。

「俺のことよりも、お前は自分の見た目を気にしろ。もっと良い服はないのか？」

雑に結った髪とぼろ布同然の農民服を纏った雨蘭を見て、明は溜め息混じりに言う。

「花嫁を目指すつもりはないので、私は最低限服さえ着ていれば良いかなと思ってます」

雨蘭とて、未来永劫独り身でいたいわけではない。

兄の病気が治り、お金が貯まったら実家に戻り、ゆくゆくは逞しい人と結婚して大きな畑を持てたら良い。

ただそれは、雨蘭にとってまだまだ遠い未来の話に思えた。

第二章　事件は茶香とともに

一

『重要事項の伝達あり。明日、未の刻に講堂へ集まること』

（読める……！）

勉強を始めてから三週。雨蘭は紙に書かれた文字を見て、感動に震えた。

学びの成果が感じられる喜びを、初めて知ったのだ。もっと頑張ろうという意欲が自然と湧いてくる。

明のおかげで夜の睡眠時間を大幅に削ることなく勉強できるようになったので、現在は肉体、精神ともに健全だ。候補者たちからの嫌がらせが続いていること以外は、再び安定を取り戻したように思えた。

嫌がらせといっても掃除道具を隠されたり、嫌味を言われたりと悪戯程度のものなので、雨蘭は大して気にしていない。

香蓮と春鈴は顔を会わせる度に「消えろ」と言ってくるが、梅花が廟に戻ってきてからは大人しいものだ。

少し文字が読めるようになった雨蘭は、どこか誇らしい気持ちで指定の講堂へと赴く。

それは、ここへ来た日に集められた建物だった。

他の候補者たちは皆、梁に会えると思ってか気合の入った服装をしていた。

ひそひそ雨蘭を嘲る声が聞こえたが、官服を着た男が部屋へ入ってきた瞬間、彼女らは姿勢を正して淑女に変身する。しかしながら男が意中の人物でなく、補佐役の明だということに気づくと、落胆を顔に浮かべるところが面白い。

「恵徳帝の訪問日程が決まった。少し先の話だが、ここにいる者たちには準備や、当日の対応を手伝ってもらうことになる」

明は群衆の前に立ち、一人で話し始める。どうやら梁は姿を見せないらしい。そのことが分かると、淑女たちの体から徐々に力が抜けていく。

「担当はこちらで決めさせてもらった。梁も承認したことだ。変更、文句は受け付けない。まずは付き添いと茶出し役だが、これは黄梅花に任せる。次に、給仕役は――」

(私はどんな役を任されるのかな)

誰が何をするのか、順に発表されていった。

雨蘭は楽しみに待つが、名前を呼ばれる気配は一向にない。

「以上、呼ばれてない者はいないな」

余計な雑談は許さないという殺伐とした雰囲気の中、明は話を締めくくる。

わざとだろう。雨蘭は唇をとがらせて、静かに手を挙げた。

「ああ、忘れていた。お前は廟の外れにある畑を耕すこと。得意分野だろう」

「は、はぁ。畑ですか」

（間違いなく私に一番向いてる仕事だけど、でもなんで畑？）

農民のお前は陛下の目につかないところで畑でも耕しておけ、という実質の戦力外通告とも受け取れる。

実際、そう捉えたのであろう他の候補者たちは、笑いを堪えるのに必死なようだ。

「詳しくは燕に聞け」

「はい」

「他の者は書面で詳細を知らせる」

明は話を終えると足早に出て行ってしまった。

（きっと明様のことだから、何か考えがあるのね）

雨蘭に端役を与えることで、他の候補者たちから妬まれないようにしてくれたのかもしれない、と前向きに捉えるようにする。もしかしたら本当に、「お前の身なりでは人前に出せない」ということだったのかもしれないが。

身だしなみをどうにかしろと明に言われて以来、雨蘭は一応毎朝、毎晩、手櫛（てぐし）で髪を梳(と)かすようにしているのだが、残念ながら今のところ変化は見られなかった。

(畑かぁ。夏野菜の種まきは済んでるかな。今よりもっと忙しくなりそう)

人の波に流されるようにして講堂を去る途中、雨蘭は新しい任務のことで頭がいっぱいだった。

「梅花、一番良い役割だったよね～」

「黄家の娘だから仕方ないわよ」

「少し前に実家に戻ってなかった？　父親に頼みに行ったのかもよ」

梅花という名前が耳に入り、雨蘭は後ろを振り返る。強烈なお香の匂いで存在は把握していたが、目で見るまで信じられなかった。

何故なら、少し前まで雨蘭に嫌がらせをしていた春鈴と香蓮が、今度は友人であるはずの梅花の陰口を叩いているではないか。

「あの……」

「うわっ、畑耕し要員」

雨蘭が話しかけると、二人は害虫でも見つけたかのように顔を引き攣らせる。

「梅花さんの、黄家というのはすごいのでしょうか？」

「彼女の父親が丞相(じょうしょう)なのよ」

香蓮は無視せずに答えてくれるが、聞きなれない言葉に雨蘭は首を傾げた。

「丞相？」

「恵徳帝を補佐する最高位の官吏と言えば、田舎娘でも想像がつくかしら」

「黄家は代々優秀な人材を輩出してるからねぇ」

香蓮は言葉に苛立ちを滲ませ、春鈴は可愛らしい容姿に似合わない野太い声で、投げやりに補足する。

「梅花さんってすごい方だったんですね」

「別に梅花がすごいわけではないわよ。大したことないくせに自尊心だけは高くて嫌な感じ。分かるでしょ？」

「そうそう、家柄を考えたらこっちも強く出れないし。目の上のたんこぶってやつ」

やはり都の人間とは恐ろしい。表面上は笑顔で取り繕っていても、心のうちにはドロドロとした感情が渦巻いていることもあるようだ。

「えーっと、確かお二人は廟で陛下を迎える役でしたっけ」

重苦しい空気に耐えられなくなった雨蘭は、笑顔で話をすり替える。

「そうよ。どうせ他の人間に埋もれながら頭を下げるだけの役よ」

「畑を耕してろって言われるよりはましだけどね。実質、田舎に帰れと言われたようなものでしょ。あの時私、吹き出しちゃったぁ」

「それを考えると私たちはましな方ね」

彼女たちの中で、雨蘭は警戒するに値しない、欄外の人間と位置付けられたらしい。

その日から、嫌がらせを受けることはめっきり減った。


皇帝陛下訪問に向けた担当発表から部屋に戻ると、雨蘭の寝台の上に見慣れぬ包みが二つ置かれていた。黒に紫の刺繡が施された上質な布で包まれていることから、誰がどう見ても雨蘭のものではない。

梅花がとうとう雨蘭の領域に進出してきたか、荷受け人が梅花のものを間違えて置いたかのどちらかだろう。

「これ、梅花さんのものですよね？」

遅れて戻ってきた彼女の顔には、僅かに疲労が滲んでいる。

梅花は包みを一瞥すると力なく首を横に振った。

「見たことないわ。開けてみなさいよ」

雨蘭は慎重に布の結び目を解く。一つ目の包みから現れたのは、淡い色をした衣だった。

他の候補者たちが着ているような華美なものではないが、光沢や質感からして、とても高価なものだろう。それが桃色と紫色、二種類も入っている。

もう一つの包みの中には、髪飾りや、女性が身だしなみを整えるために使うと思われる道具が入っていた。

鏡や櫛だけではなく、桃の花が描かれた木箱の中には、紅や眉墨など色とりどりの容器が入っている。どれも雨蘭とは縁遠い品々だ。

「一体誰のものなのでしょう」

木箱の下段に、小さく折り畳まれた紙が入っていることに気づく。持ち主の手掛かりかもしれないと、雨蘭はそっと広げた。

『雨蘭へ 廟での生活に使うこと』

短い一文しか書かれていなかったが、思い当たる節は一つ。ここを紹介してくれた白髪の老人だ。

桃饅頭のお礼に、これらの品々を贈ってくれたということだろうか。

「ど、ど、どうしましょう。饅頭一つに対し、こんなにお礼を頂いてしまいました」

「宝の持ち腐れになるだけなのに、勿体ない」

「私もそう思います」

梅花はひとしきり贈り物の中身を確認したが、さほど興味はないようだった。

「まぁ、貰えるものは貰っておけば？」

「怒らないのですね」

「その筆跡、梁様のものではないもの」

なるほど、と雨蘭は思う。梁からの贈り物ではないと明らかだったので、彼女は激怒しなかったのだ。

「以前、街で助けたお爺さんが、桃饅頭をご馳走したお礼に贈ってくれたみたいです」

「その人、余程身分の高い方だったようね。どれも高価な物ばかり」

「どこにでもいそうな普通のお爺さんでしたけど」

「歳をとればそんなものよ。燕様だって、今ではただの老人にしか見えないでしょう」

（そうだ、燕様！　畑のことを聞きに行かなくちゃ）

新たな任務を思い出し、いてもたってもいられなくなる。贈り物はありがたいが、馴染みのない煌びやかな装飾品よりも、雨蘭の関心は畑にあった。

陛下が訪問するのはまだひと月以上先だが、農耕作業は一朝一夕で成果を出せるものではない。

「これは大切に仕舞っておこうと思います」

「櫛と洗髪薬くらいは使いなさいな。その見苦しい髪が少しはましになるわよ」

雨蘭が包み直そうとした贈り物の中から、梅花は櫛と瓶を拾い上げて渡してくれる。

「梅花さんが優しい……」

「この前言った通り、利用しようと思っているだけ。勘違いしないで頂戴」

艶めいた赤みの髪をばさりと靡かせ、梅花は部屋の領域線を示すように立てられた屏風の陰へと消えていく。

彼女も意中の人物に会えると思い、気合を入れておめかしをしていたようなので、これから部屋着に替えるのだろう。

「梅花さん、私、夜の仕込みまでまだ時間があるので、燕様を探しに行ってきます！」

燕は昼頃になると廟の軒下に椅子を置き、うたた寝していることが多い。雨蘭の予想通り、老人は日光浴をしながら船を漕いでいた。

「燕様ー。お休みのところ失礼します」

「雨蘭か。もしやワシは朝まで寝てしまったのか」

いつも朝のうちにやって来る雨蘭が昼下がりに現れたので、驚かせてしまったらしい。居眠りから目覚めた老人は不安げに周囲を見回す。

「いえ、まだ日が沈み始める前ですよ。皇帝陛下訪問に向けた畑の仕事を任されたんです。詳細は燕様に聞けと言われたので、話を聞きにきました」

「おお、畑の話なら聞いている」

「私は何をすれば良いのでしょう」

「はて、何だったかなぁ」

燕はのんびりと首を傾げる。昔のことはよく覚えているが、最近のことはなかなか覚えられないようだ。

「ええ……、どうにか思い出してください」

「畑の場所なら覚えておる。廟のすみっこじゃ」

大した情報を得られないまま、そのうち思い出してくれることを信じ、燕と実物の畑を見に行くことにした。

「皇帝陛下が訪問されるにあたり、どうして畑の世話をする必要があるのでしょう」

「恵徳帝は庶民の文化や、庶民の真似事をするのが好きでな。若い頃はよく宮中を抜け出して遊んだものだ」

「恵徳帝のことをよく知っているんですね」

「勿論。悪友とでも言えば良いだろうか。追手から逃げるため、二人で街を走り回ったものよ。おお、あそこだ」

ふらふら歩く燕を支えながら、北の離れよりも更に奥へと進んでいく。案内されたのは誰にも管理されていないのか、雑草が生え、痩せ細った小さな土地だった。

「思ったよりも小さいですね」

「趣味のためだからのう」

引退したら廟に移り、畑を耕して暮らすというのが陛下の願いらしい。上皇が廟内で畑仕事をしていたら示しがつかないということで、畑は敷地の隅に追いやられることになったそうだ。

「恵徳帝は随分庶民的なお方なんですね。分かりました！　この畑を陛下にお見せしても恥ずかしくないよう、一生懸命耕します！」

今の状態では作物を育てることなどできそうにない。燕は相変わらず指令の内容を思い出せないようだが、雨蘭は自分の使命を理解した。

＊

「おりゃぁぁぁぁぁぁぁぁああ！」

役割分担が発表されてから一週間が過ぎた。

力が入る気がするのでなんとなく叫びながら、雨蘭は怒涛の勢いで土を耕していく。

貸してもらった鍬は、ちょっとやそっとのことでは壊れない頑丈な造りで、安心して作業をすることができた。

実家の農具はどれも古く、修繕を繰り返して使っているため、雨蘭が本気を出すと壊れて破片が吹き飛んでしまうのだ。

「爽快、爽快」

燕は筒に入れて持ってきた茶を啜りながら雨蘭の農作業を見守っている。元々は彼がこの畑を任されていたらしいが、足腰の弱った老人一人でどうにかできる代物ではない。

「土が大分柔らかくなってきましたよー」

息を整え、額の汗を腕で拭う。眼前には雑草が抜かれ、ふかふかに耕された土たち――ようやく畑らしくなってきた土地が広がっている。

ここに至るまで、草抜きや石拾いがなかなかに大変だった。

「お疲れさん。適度に休憩をとるようにな」

「はい！　でも久しぶりに畑仕事をしたら楽しくて。やっぱり自分に相応しい場所は畑だなぁ、と思います」

近頃の雨蘭は廟の掃除を短時間で終わらせ、昼下がりまでの時間を畑で過ごしている。勉強は続けているが、時間を増やしたところで出来の悪い頭は受け付けてくれないことが分かってきた。よって、朝起きてすぐの短時間と、夜食作りが終わってからの時間に集中して勉強することにしている。

（耕しすぎも良くないし、そろそろ堆肥を撒いて畝を作っていこう）

雨蘭の要望で燕に手配してもらった、堆肥の麻袋をちらりと見る。

（申し訳ないけど、畑仕事を続ける限り沐浴させてもらわないとなぁ……。明様ありが

とうございます）

畑に出た初日、土まみれの姿で調理場に入ることは許さないと料理長に怒られ、明には土臭くて汚らしいと嫌な顔をされた。

しかし、宿舎の浴場を使えるのは朝から昼にかけてと決まっている。

どうしたら良いですかと泣きついたところ、明は面倒臭そうにしつつも、午後の畑仕事が終わった後に沐浴できるよう別の浴場を手配してくれたのだ。

その辺の川で体を清めろと言われてもおかしくない雨蘭が、何故か姫様のように使用人に付き添われ、高貴な人のために設けられた広い浴場で体を清めさせてもらっている。雨蘭だけ贔屓(ひいき)されているとなればまた揉めるだろう。今のところは気づかれていないようだが、贈り物に入っていた洗髪薬と櫛を使うようになってから、髪の指通りが良くなり、艶が出てきたような気がするので、不審に思われないか些(いささ)か心配である。

そんなこんなで雨蘭は元気だ。以前にも増して力が漲(みなぎ)っている気がする。一方、気になるのは同室の友人のことだった。

「梅花さん、大丈夫ですか？」

夜、月明かりの注ぐ部屋に戻った雨蘭は、布団を被(かぶ)り丸くなっている塊に話しかけた。

「……」

「どこか悪いのでしょうか」

「放っておいて」

彼女は朝から晩までずっと床に伏していたようだ。

「お食事もとっていないと楊美様から聞きました。台所から杏子をもらってきたので、少し食べませんか？」

「要らない」

「そんな……食べなかったら死んでしまいます。いつ梁様に出くわすか分からないですし、美しさを保つためにも食べるべきです」

もそり、と寝台の山が動いた。『梁』という言葉が効いたのか、梅花は緩慢に起き上がりこちらを見つめる。

長い髪がばさりとかかった顔は化粧をしていない素の状態のようだったが、美しい造形は変わりない。

「どうぞ」

「何これ。実のままじゃない」

杏子の実を渡すと、梅花は顔を顰める。

「あっ、齧り付いて食べる感覚でいました」

綺麗に身だけを切り出してこいと怒られるかと思ったが、彼女は口を大きく開けて齧り付く。

「梅花さん？」

「なんかもう、どうでも良くなった」

空腹だったのか、彼女はあっという間に食べ終え、口の中で種を転がしている。雨蘭は持っていた果実を全て差し出した。

「何かあったんですか？」

「嫌というほどあったわよ。貴女、よくあれに耐えていたわね」

皇帝陛下訪問時の役割発表以来、他の候補者から嫌がらせを受けていることを梅花はぽつり、ぽつりと語り始める。

嫌味を言われたり、足を引っ掛けられて転んだり、雨蘭がこれまで受けていた嫌がらせが、そのまま梅花に向いたようだ。

「そんな……どうして梅花さんが」

「私が良い役をもらったことが気に食わないのよ」

「他人を妬むよりも、それぞれ与えられた役割を全うすれば良いのに」

「ここにいる女は、貴女のように単純ではないの」

単純と言われ、自分はその通りだなと雨蘭は思う。

賢い人たちというのは、物事をあれやこれやと難しく考えがちのようだ。

雨蘭のように、よく分からないがとりあえず目の前のことに全力で取り組む、という発想には至らない。賢いのも考えものだ。

（明日、明様に相談してみよう）

高尚な人たちのことは、同じく高尚な人に尋ねるべきである。

「もう一つ、この前実家に呼び出された時に聞いたことなのだけど、梁様は――」

梅花は何かを言いかけて口を閉ざした。

「これは止めておく。忘れて」

「はい。助けになれることがあれば何でも言ってくださいね」

梅花は杏子を全て食べ終えると、再び寝台の山になった。

梁がどうしたのか気にならないと言えば嘘になるが、梅花が回復した時に話してもらえれば良い。雨蘭の経験上、心身の回復にはとにかく睡眠が最優先だと思う。

＊

梅花から嫌がらせの話を聞いた翌日、雨蘭はいつも通り夜食を持ち、北の離れの前に立っていた。

（よし、臭くないよね）

自身の臭いを確認してから扉を叩く。

今日は肥料を撒いたので、いつもより入念に体を洗ったつもりだ。調理場でも指摘を受けなかったので恐らく大丈夫だろう。

「失礼します」

反応がないので様子を窺いながらそろりと中に入る。明はまだ書類仕事をしているようで、雨蘭には目もくれず筆を走らせている。

邪魔しないよう静かに定位置につき、雨蘭は自習を始めた。

今日一日の出来事をゆっくり書き起こしていく。ようやく昼過ぎまでを書き終えたところで、腹を空かせた男の声に遮られた。

「今日の夜食は何だ」

「ささみと瓜(うり)に花椒(ほあじゃお)を和(あ)えたものです」

雨蘭は待っていましたとばかりに持参していた器を差し出す。自信作なので、早く明に食べてもらいたい。

「お前が考えたのか」

「はい。一応料理長に味見をしてもらっていますが、基本的に夜食は私の自由にさせてもらっています」

あの時、明は「失敗作だろうと構わないから、雨蘭に作らせろ」と料理長に頼んだらしい。そのため料理長は口出しこそするが、目に余るような失敗をしない限り、却下は出さない。

「……」

一口箸をつけた後、明は黙り込んでしまう。雨蘭は上手くできたと思っていたが、気に入ってもらえなかったのだろうか。

「気に入りませんでした？」

「いや、悪くない」

「良かった……、無言だったので何か失敗したのかと思いました」

雨蘭はほっとする。明の悪くないという言葉は、かなり気に入ってくれている証拠だ。決して美味しいとは言ってくれないが、微細な反応で彼の嗜好が分かるようになってきた。

辛いものや刺激の強いものが好き。甘いものは苦手で、鶏肉の皮は食べられない。

この人のことをもっと知りたい。喜んでくれる食事を振る舞いたい。時間を重ねるごとにそんな思いが強くなる自分は、やはり使用人適性が高いのではないかと思う。

「黙り込んで悪かったな。美味さに衝撃を受けただけだ」

「えっ」

「何だ」

「明様が、謝って、褒めた……」

信じられないものを見た。雨蘭はぽかんと口を開け、瞬きを繰り返す。

「俺を何だと思っているんだ」

「態度の大きい補佐役の文官？」

「俺だって自分に非があると思ったら謝罪くらいするし、良いと思ったら褒める」

不機嫌そうに、いや、少し拗ねた口調で明は呟いた。彼からしたら雨蘭など、正規の使用人以下の存在でしかないのに、最近は随分態度が柔らかくなった気がする。

（この調子なら話を聞いてくれるかな）

「あの、皇帝陛下訪問時の役割分担はどのように決めたのですか？」

世間話を装って話を振ってみる。

「俺が適当に決めた」

「では、畑仕事というのも明様が？」

「じじいの要求に応えるつもりはなかったが、ぎらついた女どもと同じ空間にいるより、畑を耕していた方が楽だろう。不満か？」

「いえ、幸せです。ありがとうございます」

やはり、彼なりに雨蘭のことを考えて決めてくれたようだったが——。

（じじいって、畑を所望された陛下のこと!?　この国で一番偉い人をそんな風に言うなんて、本当に態度が大きくて口が悪い……）

実は優しくて良い人なのに、彼は第一印象で損をしている。もしかしたら仕事でもこの調子で、他の官僚との間に軋轢を生んでいるのではないだろうか。何だか少し心配になってしまった。

「あの……、同室の梅花さんのことでお願いしたいことがあるのですが」

雨蘭は梅花が自身に代わって嫌がらせを受けていることを説明する。何か策を考えてくれることを期待したが、明の反応は冷ややかだった。

「そのくらい、自分で解決できなくてどうする」

「でも明様、私の役割には配慮してくれましたよね？」

「……。梅花という女もお前に嫌がらせをしていたと思うが何故庇う」

「誤解です！　梅花さんは私のためにわざわざ教本を取り寄せてくれた優しい方ですよ！」

雨蘭は胸を張って言う。

梅花は他の候補者とは違う。梁のことになると多少癇癪を起こす節はあるが、恋する女性というのはそういうものだろう。

「物事を良い方に解釈しすぎだ」

「そうですか？　梅花さんの怖そうに見えて本当は優しいところとか、明様にそっくりで私はとても好きです」

「……」

思っていることを率直に伝えたところ、明はまた黙り込んでしまった。長い前髪のせいで彼がどんな感情を抱いているのか、表情から窺い知ることができない。

「あの、明様ー？」

綺麗に平らげてくれた夜食の器を下げても尚、明は動く気配を見せない。

「今日はよく固まりますね。お疲れなら全身をほぐしましょうか？」

「っ、不要だ」

「専門家には劣るかもしれませんが、田舎では力強くて気持ち良いと評判でしたよ。少しだけ試してみませんか」

「要らないと言っている！」

雨蘭が明の背後に回ると、近頃にしては珍しく、彼は慌てた様子で声を荒らげた。

「……すみません、調子に乗りました」

身分を弁えない振る舞いだったと反省する。肩を揉もうとした手を引っ込める時、彼の真っ赤になった耳が見えた。

（私のような下民に触れられるのが、そんなに嫌だったのかな？　筆の使い方を教えてくれた時はそんな素振りはなかったのに……）

　想像以上の拒絶反応に雨蘭が動揺していると、明が話を進める。

「梅花の話だが、今更担当替えをするつもりはない。あれは黄家の娘だ。教養、品格、どれをとっても他と比べて頭ひとつ抜きん出ている」

「やはり梅花さんは明様も一目置くほどすごいんですね」

　候補者たちの中には家柄による贔屓だと言う者もいたが、忖度(そんたく)をしそうにない明が褒めるということは、梅花自身の能力が相応に高いのだろう。

「余程のことがあれば対処するが、お前らの問題はお前らで解決しろ。俺に面倒を押し付けるな」

「明様のケチ」

「何か言ったか？」

「何でもないです」

　時折雨蘭に向けてくれる優しさを、少しぐらい梅花に回してあげてほしいところだが、彼の言うことにも一理ある。

　皇太子の妃になるということは、噂に聞く後宮で暮らし、行く行くは皇妃になるのだろう。そうなれば、たくさんの困難が待ち受けていることは雨蘭にも想像できる。

　仮初の後宮と梅花は言った。

　ここは、将来訪れるであろう試練に耐えうる人物か、確かめるための場所なのかもしれない。

距離が近づいたと思いきや、突然素っ気ない態度をとる明にもやもやした気持ちを抱えつつ、雨蘭はそう自分を納得させた。

二

隣から強い視線を感じる。筋骨隆々な厳つい男は腕を組み、仁王立ちで雨蘭の夜食作りの様子を凝視していた。

料理長と同じ空間にいるだけで緊張するというのに、今日はいつにも増して張り詰めた空気が流れている。

(私、また何かしたのかな⁉)

雨蘭の行いが料理長の逆鱗に触れ、お叱りを受けることは未だにある。萌夏曰く、これでも宮廷にいた時よりは随分丸くなったそうだ。

田舎風の素朴な漬物でも作ろうかと壺に切った太葱を入れていると、ついに料理長が口を開く。

「皇帝陛下にお出しする料理を考えてみるか？」

「どういうことでしょう？」

それは農民流の作り方だ、やり直せと言われるかと身構えた体から力が抜ける。言葉そのものの意味は受け止めたが、驚きのあまり雨蘭は思わず質問に質問で返してしまった。

「昨日、皇帝陛下訪問時のお品書きを考えるよう命を受けた。その時お前の話が出たのだが、まさか候補者の一人だったとは」

料理長は盛大な溜め息をつく。

「あ、はは……」

隠そうとしていたわけではないが、使用人の真似事をする以上、知られない方が良いと思っていた。

(ど、どうしよう。追い出されてしまうかも⁉)

苦笑いをしながら必死に言い訳を考える。残念なことに何も浮かばなかったので、素直に頭を下げて懇願した。

「私もどうして候補者になってしまったのか分からなくて。何かの手違いだと思うので、今は使用人として雇われることを目指しています。どうかお手伝いは続けさせてくださいっ……!」

「好きにさせてやってくれと梁様に言われている。陛下にお出しする料理を少し作らせてやってほしいとも」

料理長の言葉を聞き、雨蘭は心の中で梁を拝んだ。

(梁様〜! もう一生ついていきます。私を雇ってください!)

雨蘭のように身分の低い者にも分け隔てなく優しくて、本当に素晴らしい人だ。彼のような人こそ、国の頂点に立つべきだと思う。

「ぜひ! やらせてください!」

「言っておくが、陛下は食にうるさい方だ。心してかかるように」

「はい!」

「本来ならまだ任せられる域に達していないが、梁様の頼みであれば仕方ない」

料理長はもう一度深い溜め息をつく。渋々、という感情が眉間の皺によく表れている。

彼が長年築き上げてきた料理人の矜持(きょうじ)を、素人の雨蘭が傷つけてしまったのかもしれない。それからというもの、料理長の視線を感じるたびに申し訳なく思った。

しかし、折角の機会だ。心してかからなければ。

(陛下にお出しする品かぁ。どんなものが良いのだろう)

梁の心遣いが嬉しくて勢いよく引き受けたは良いが、時間が経つにつれ無謀な挑戦だったかもしれないと弱気になってくる。

畑を耕し野菜を育てることが雨蘭の本業だ。きっとここにいる誰よりも、荒地を立派な畑に変貌させることができるだろう。

一方、料理に関しては幼い頃から目の見えない母を手伝ってきたが、宮廷で出るような豪華な食事とは縁遠い。

(食にうるさい方と料理長は言っていたけど、本当なのかな)

燕の話を聞く限り、恵徳帝は庶民的で寛容な人物に思える。その人が食事にうるさく口出しするのだろうか。

「アンタ、さっき料理長と何を話してたの？　怒られたわけではなさそうだけど」

萌夏は鍋に余った炒めものを玉杓子(たまじやくし)で豪快に掬(すく)って食べながら、雨蘭に尋ねる。

どうやら彼女には話の内容まで聞こえていなかったようだ。

「実は陛下にお出しする前菜作りを担当することになりまして」

「えええええ！　すごいことだよ⁉」

萌夏の声が大きすぎて、新しく調理場に入った料理人二人が一斉にこちらを見た。

「どうかご内密に！」

「自慢したらいいのに」

「色々事情がありまして……」

このことが他の候補者たちの耳に入ったら、また厄介なことになる。

雨蘭が嫌がらせを受ける分には仕方ないが、調理場が荒らされでもしたら困る。ここで一生懸命働く人たちに迷惑をかけることだけは避けたい。

それに、萌夏や他の料理人たちとも、今までと変わらない対等な関係でいたいと思ってしまう。

「アンタって本当に不思議な子ね」

「そ、それより！ 萌先輩は皇帝陛下がどのようなものをお好みか、ご存知ですか」

「あっちにいた頃はまだウチも、皿洗いしかさせてもらえないような下っ端だったからねぇ」

恰幅の良い彼女は記憶を呼び起こしてくれているのか、腕を組んでうんうん唸る。

「そういえば、料理長は陛下の食事を任されていた時、全然召し上がってもらえないって苦労してたなぁ。毎日すこぶる機嫌が悪くてさ」

「ひぇ……」

料理長の技量の高さなら間近で見ていてよく分かる。陛下の食事を作っていたということは、この国一番の料理人と言っても過言ではないだろう。

（そんな人の料理でも食べてもらえないのだとしたら、私が作ったものなんて犬にでも食わせておけ！ と地面に捨てられるのでは……）

それだけならまだ良い。もし犬の餌を食べさせようとした罪に問われでもしたら——。

雨蘭はぞっと体を震わせる。

二週間後に梁たちに味を見てもらう機会があるらしく、それまでに考えをまとめなければならない。不安は尽きないが、「なんとかなるはず！」と自分に言い聞かせた。

＊

前菜担当が決まった日の夜、雨蘭は寝付けずにあれこれ考える。

（前菜なら重すぎてもいけないし、かといっていつも作ってる夜食のように軽いのも、陛下にお出しするには向かないよね）

明には早速相談したが、自分で考えろと一蹴されてしまった。

今日の彼は虫のいどころが悪かったらしい。梁の心遣いを絶賛していたところ、帰れと言い出したので仕方なく切り上げてきたくらいだ。

（料理長が日ごろ作っているものを真似して作るのも味気ないし。あー、もう、悩ましい！）

悶々（もんもん）としている横で、眠っていたはずのもう一人の住人が突然部屋を彷徨い始めた。

ついに気が触れたのかとぎょっとするが、彼女は何かを探しているようだ。

「梅花さん、何か探し物ですか？」

「明日使おうと思っている髪留めがどこにもないの」

声は震え、目が泳いでいる。梅花はいつになく動揺した様子だ。

「私は盗ってないですよ」

「そんなことくらい分かるわよ。貴女、贈られてきた髪飾りすら使ってないじゃない」

彼女の言う通り、贈り物は一部を除いて寝台の下に大切に仕舞われている。

「手伝いましょうか」

「もう諦める。部屋を空けている間に誰かが盗んだか、隠したに違いないわ」

「そんな」

雨蘭は以前、物を盗られるような被害は受けなかった。もしかしたら、雨蘭の私物が少なすぎて嫌がらせをしようにもできなかっただけかもしれないが。

「明日が一回目の模擬演習だから、恥をかかそうと必死なのよ」

「他のものは無事ですか？」

梅花は慌てて衣装棚を開けると、「あっ」と声を上げてその場に蹲った。

「ひどい……」

何事かと梅花の背後から覗き込んだ雨蘭は、思わず呟く。

衣装棚の中にきっちり仕舞われた上質な布地が、黒く染まっている。墨だ。誰かがここで大量の墨汁をひっくり返したのだ。

とても着られそうにないうえ、既に乾いた染みを落とすのは至難の業だろう。

「もう嫌だ。明日何を着て行けば良いの」

いつもは気高く弱みを見せない梅花が、珍しく泣きそうな声で呟く。両手で顔を覆い、このままでは本当に泣き出してしまいそうだ。

雨蘭は「ちょっと待ってください」と言い、寝台の下から布袋を取り出した。

「良かった、私の方は大丈夫そうです！　これなら梅花さんでも着れますよね」

嫌がらせをしに来た者は、まさか雨蘭が高級な衣を持っているとは思わなかったのだろう。桃色の布を広げ、全身の無事を確認する。

雨蘭よりも梅花の方が背丈は少し高いが、体格はあまり変わらない。ゆったりと身に纏うように作られている衣なら、小さすぎることはないはずだ。

「貴女がもらったものでしょう」

「私が着る機会は恐らくないので、似合う人に着てもらった方が良いです。お化粧道具も気に入るものがあったら使ってください」

「……ありがとう」

彼女は俯いて小さな声で礼を言った。梅花の役に立てたことが嬉しくて、雨蘭の顔はついつい緩んでしまう。

(白檀の香り。似ているけど、梅花さんのものより甘ったるい)

雨蘭はすっと深呼吸をし、かすかに残っている誰かの香りを確かめる。犯人は粗方想像がつくものの、梅花に伝えることは躊躇われた。

＊

「うわぁ～！　とても可愛らしいです！」

翌日、朝餉の手伝いを終えて部屋に戻ると、桃色を基調にした衣装を纏った梅花が姿見の前で不安げな顔をしていた。

普段赤や黄色の派手な衣を好んで着ている梅花が、淡い色を纏っているのは新鮮だ。今日は化粧も控えめで、全体的に柔らかい雰囲気に仕上がっている。

「そう？　私には似合わない気がするけど……」

どうやら彼女はいつもと異なる服装に自信が持てずにいるらしい。

不安になる必要など全くない。何故なら今日も彼女は天女のように輝いている。雨蘭が同じ服を着たところで、こうはならないだろう。

「こういう清楚で可愛らしいのも似合いますよ。きっと梁様も見惚れます！」

いつもの凛とした梅花も捨てがたいが、雨蘭はどちらかというと、今日の柔らかい雰囲気が好きだ。

「何だか落ち着かない」

「今日は畑仕事を休んで私もついていきます。安心してください。嫌なことをされたら、ひとこと言ってやりますよ」

両の拳を胸の前で握る雨蘭に、彼女は「殴り合いでもするつもり？」と溜め息交じりに笑った。

「そうだ、これ。今まで食べた料理の中で、印象に残っているものをいくつか書き出してみたから参考にして頂戴」

「ありがとうございます！」

講堂へと移動する途中、梅花は綺麗に折り畳んだ紙を渡してくれる。

昨晩、貸しを作りたくないと食い下がった彼女に、参考になりそうな料理を教えてほしいとお願いしたのだ。数日以内にと伝えていたが、朝のうちに準備をしてくれたらしい。

（やっぱり悪い人じゃないんだよな）

そう思いながら、雨蘭は梅花とともに演習会場である講堂へと向かった。

「何あれ、似合わな～い」

「急に清楚ぶっちゃって。点数稼ぎ？」

「男への媚び方、見習わなくちゃ」

梅花が講堂に姿を現すと、集まった他の候補者たちは未だ梁の姿が見えないのを良いことに、早速嫌味攻撃を仕掛けてくる。

（頑張れ、梅花さん。皆、梅花さんの美しさに嫉妬してるだけ！）

雨蘭は正規の参加者ではないので、楊美と後ろに控えて様子を見守った。

あまりに攻撃が悪化するようだったら、もしくは、梅花が泣きそうになったら雨蘭は割り込むつもりでいたが、彼女は他の候補者たちを無視して堂々と座っている。

「皆さん、おはようございます」

そこへ爽やかな笑顔を振りまきながら梁が入ってきた。

続いて入ってきた黒髪の男、明は部屋の後ろに雨蘭がいるのを見つけると、口もとを引き攣らせる。何故お前がここにいる、とでも言いたいのだろう。雨蘭は笑顔を返しておいた。

「各々既に自分の役割を把握し、練習していると思います。今日は一回目なので通しではなく、要所要所の動きを確認します」

梁は優しい声音で模擬演習の流れを説明する。試験ではないので安心してほしい、と場を和ませることも忘れない。

「まずは出迎えるところから。今日は燕が陛下の代わりを務めます。陛下はまだまだお元気ですが、高齢であることへの配慮を忘れないようにしてください」

「燕はともかく、恵徳帝は色仕掛けやおべっかの通用する人間ではない。無駄なことを考えるなよ」

穏やかに話が進行する中、明は横から厳しい口調で釘を刺した。

「明はもう少し柔らかい言い方ができないのかな」

「そういう役回りはお前に任せている」

梁は幼馴染の直接的な言い方に苦言を呈するが、今日に限って雨蘭は良いぞ、もっと言ってやれと思う。

梅花の髪飾りを隠し、衣を台無しにした人物がこの中にいる。もしかしたら模擬演習中にも、梅花を泣かせる不届き者が現れるかもしれない。

雨蘭は気を引き締め、演習の進行を見守った。

(はぁ〜。梅花さん、所作がとても綺麗)

複数いる出迎え役の中央に梅花は姿勢良く胸を張って立ち、陛下役の燕が乗った輿に向かってしなやかに頭を下げる。

降りようとした燕がふらつくと、無礼を詫びながらさっと手を差し伸べた。

「ほぉ、良い判断じゃ」

「お体に触れるのは失礼かと思ったのですが、実際の場面でもこのような対応で問題ないでしょうか」

「構わん、構わん。恵徳帝はこのような心遣いを喜ぶ。硬くなりすぎない方が良い」

梅花に支えられ、燕は鼻の下を伸ばしている。雨蘭が手を引いても何の反応も示さないというのに、美女の力は偉大だ。

梅花が基本の流れをしっかり理解したうえで臨機応変に振る舞う一方、他の候補者たちの粗雑さが目についた。

そう感じたのは梁と明も同じだったようだ。演習が一区切りついたところで言葉を濁して講評を行った梁に対し、明は容赦なく厳しい言葉を投げかける。

「日頃、くだらない足の引っ張り合いをする暇があるのなら、自分の技量を上げる努力をしろ」

梅花だけが褒められ他は叱られるという状況に、ある者は泣き、ある者は恨めしそうに梅花を睨んでいる。

(何という地獄絵図……)

明には梅花が嫌がらせを受けていることを伝えてあったはずなのだが、火に油を注ぐような状況だ。

このままでは逆恨みで梅花への攻撃が強まりかねない。

「少し休憩しようか。明はああ言ったけど、本番までまだ時間はあるから、ゆっくりで構わないよ。梅花はお茶出しの準備をしておいで」

梁は状況を察してか、梅花を集団から外れるようにし、自ら率先して他の候補者たちを宥める。

幼馴染であるという彼らは、それぞれ飴と鞭の異なる役目を果たし、それが上手く機能しているのだった。

＊

（なかなか戻ってこないな……何かあったのかも）

梅花が戻ってくる気配がない。お茶を淹れにいくにしては時間がかかっている。

候補者たちは梅花のことなどすっかり忘れ、この機会に梁の心を掴もうと必死なのか、誰も次の演習に移りましょうとは言い出さない。

部屋の隅に一人佇む明は、暇を持て余している雨蘭に「様子を見てこい」と顎で指示を出す。

雨蘭は小さく頷き、隣に控えている楊美に尋ねた。

「楊美様、お茶を準備する場所というのはどこなのでしょう」

「隣の小さな部屋です。手伝いの者をつけましたが……戻りが少し遅いですね。私が様子を見てきましょうか」

「いえ、ここは親友の私が行ってきます」

明も親しい人間を行かせた方が良いと判断し、雨蘭に指示を出したに違いない。

少し誇らしい気持ちで同室の友人を探しに行く。

「梅花さーん？　大丈夫ですかー？」

隣の部屋の扉は開いていた。驚かせないよう、声をかけてから顔を出す。

「うるさいわね。丁度今から運ぶところよ」

梅花は雨蘭を見ると顔を顰めた。彼女の前には茶器が揃(そろ)っており、一見特に問題はなさそうだ。

部屋の隅に控えている若い使用人は、雨蘭に対しても軽く頭を下げてくれる。

「遅かったので何かあったのかと思いました。梅花さん、自分でお茶を淹れる機会もなさそうですし」

「もしかして嫌味？　お客様に茶を出すくらい出来て当然のこと。時間がかかったのは茶葉がどこにもなかっただけ。まさかここまでやられているとは」

彼女は言葉に怒りを滲ませる。尋常でないほどの殺気を放っていることから、雨蘭は茶葉が切れていたのではなく、誰かが故意に隠したのだと悟った。

部屋の中にはかすかに梅花のものとは異なる甘ったるい香りが残っている。昨晩、部屋に残っていた匂いと同一だ。

「恐らく春鈴と香蓮の仕業ね」

「……私もそう思います」

友人が裏切ったと知ったら梅花が悲しむだろうと思い言えずにいたが、彼女も犯人を察していたようだ。

「そこの彼女が茶葉を見つけてきてくれたから良かったものの、大恥をかくところだったわ」

雨蘭だったら茶葉の消失に気付いた時点で素直に申し出ただろうが、彼女の自尊心はそれを許さないのだろう。

「無事解決したのなら良かったです。それにしても、変わった匂いのお茶ですね」

すっきりとした香りの中に、僅かに青臭さを感じる。どこかで嗅いだことのある匂いの気もするが、思い出せない。

「私にとっては別に珍しくもないけれど。田舎者には手がでないお茶でしょうね」

「匂いだけでも味わっておきます」

これが高級なお茶の匂いかと雨蘭は胸いっぱいに吸い込んだ。

「この後も頑張ってくださいね」

「ふん。貴女はさっさと畑に行きなさいよ」

いつもの彼女らしい、気の強い台詞に雨蘭は思わず微笑んでしまう。その様子を見て梅花は更に「気持ち悪い」と罵った。

「それでこそ梅花さんです。さぁ、戻りましょう」

茶器一式を持った梅花が戻ると、その流れで演習が再開する。

何も知らない雨蘭であれば、茶壺から直接小さな器いっぱいにお茶を注いだだろうが、上流階級には色々作法があるらしい。

器を温めたり、茶壺の上からお湯をかけて蒸したりと、たくさんの工程を迷いなくこなしていく梅花に雨蘭は感心した。

田舎では大体のことが適当だ。客が来たら茶を出すが、茶葉は繰り返し何度も使うし、茶杯を洗わず使い回すことも普通である。

(何も知らずに梅花さんに失礼なことを言っちゃったな……)

彼女の振る舞いが優れていることは、机に座る審査員——もとい、陛下役の燕と、その両脇を埋める梁、明の表情を見れば分かる。

雨蘭に背を向けて座る候補者たちは、きっと悔しがっているに違いない。

「うん、爽やかで心地よい香りだ。白茶だね」

茶杯の上に伏せられていた背の高い器を顔に近づけ、香りを確かめた梁は微笑む。

「陛下が訪問されるのは夏近くですから、体内の熱を下げるのに良いかと思いまして」

「良い選択だと思う」

梅花の望んでいた茶葉が運良く見つかったのか、彼女が機転を利かせて説明したのかは分からないが、裏で茶葉隠し事件があったとは誰も思わないだろう。——犯人を除いては。

何事もなく進んでいく演習を前に、春鈴と香蓮は不思議そうに顔を見合わせている。

「どうして上手いこと行ってるのよ」

「さぁ、あそこに置いてあった茶葉は全部捨てたはずだけど」

彼女らの口がそう動いたのを見て確信する。

(間違いない。犯人はこの二人ね)

梅花は彼女たちの友人であるはずなのに、何てことをするのだと頭に血がのぼる。

雨蘭は涙目で床にへたり込む昨晩の梅花を思い出し、怒りを抑えきれず一旦部屋から離れようとした。その時——。

「梁様⁉ 梁様！」

がちゃん、という音がした直後、梅花の叫び声が聞こえた。

(えっ、何⁉)

少し目を離した隙に何か起きたらしい。他の女性たちも次々に悲鳴を上げた。

「梁様……？」

喉を押さえて苦しむ梁の姿を目の当たりにした雨蘭も、梅花と同じように彼の名前を呼んでしまう。

がちゃん、というのは梁の落とした茶器が割れる音だったようだ。

単に手から滑り落ちたのではないことは、血の気が失せた彼を見れば分かる。

「梅花さん、何が起きたの⁉」

雨蘭はざわつく群衆の前に飛び出した。

「お茶を飲んでしばらくしたら急に梁様の様子が……どうして？　どうしたら良いの？」

梅花は完全に取り乱している。

好きな人が自分の注いだ茶を飲んで倒れたのだから、平静でいられる方がおかしいだろう。

居合わせた誰もがどうして良いか分からないという表情で固まっており、自分がどうにかしなければと雨蘭は思った。

「楊美様、お医者様と、しかるべきところに急ぎ連絡を！」

「はい」

「明様！　一緒に梁様を隣の部屋に運んでください」

「あ、ああ」

雨蘭は梁を抱き上げる。明の手伝いが必要かと思ったが、近頃は毎日質の良い食事をとっているためか一人でも十分だった。

「梁様、失礼します」

隣の小さな準備室の扉を足で開けると、中で暇そうに外を眺めていた使用人がびくりと肩を跳ね上げる。

「そこのあなた、急いでぬるま湯かお水を準備して！」

「はっ、はいっ、ただいま！」

彼女は慌てて部屋を出ていく。ここには湯を沸かす場所がないので、お茶用の湯も別の場所から調達していたようだ。

「あっ。明様、足で扉を開けたのは見なかったことにしてください」

「成人男性一人を軽々抱えているところから見なかったことにしたい」

「そんなことより、今は応急処置をしなければ」

明に支えてもらうようにし、梁をそっと床に下ろす。

梁の顔色は一層悪くなっており、呼吸をするのも苦しそうだ。

「毒か」

「きを、ぬいていた……おそらく、キフジソウだ」

明が呟くと、梁は絞り出すように何とか返事をする。

「無理して喋るな」

（黄藤草⁉　まずい、私が知る中でも一番毒が強い植物だ！）

葉を一枚口にしただけで死ぬと言われており、実際に誤食して死んだ人間が雨蘭の故郷にいる。

梅花が茶葉の準備をしている時に感じた青臭い匂いは、混入された黄藤草に由来するものだったのだろう。

（あの時私が気づいて止めていれば……）

悔やまれるが、反省会を開いている場合ではない。雨蘭は目の前の男に指示を出す。

「明様、喉に指を入れ、できる限り吐かしてあげてください」

「……俺にやれと？」

「他に誰がいるんですか！　下民の指を咥えさせるよりましでしょう！　一刻を争うのでお願いします！」

「お前は俺を誰だと思ってるんだ。あー、そうだな、仕方ない」

雨蘭は部屋に飾られていた壺を梁の前にさっと置く。明は渋々役目を引き受け、梁が吐くのを手伝った。

吐かせた後は、雨蘭が安全を確認したぬるま湯をたっぷり飲ませる。

「これで大丈夫なのか？」

「分かりません。できる限りの応急処置はしたので、あとは運次第です」

その後、どこからか医者が駆けつけたところで処置を代わってもらう。

「明様は飲まれなかったのですか」

「ああ。お前は毒を飲んだ人間の対応に随分慣れているようだな」

「田舎では誤って毒草や毒キノコを食べてしまう人間が年に一度は出るので、慣れているかもしれませんね」

とはいえ雨蘭は毒の専門家ではない。日常生活の中で敢えて毒草の匂いを嗅ぐことはしないので、違和感を黄藤草に結び付けることができなかった。

それにしても、どうしてこのような事態になってしまったのだろうか。

(もう一つ不思議なのは、どうして梁様が先に飲んだのだろう？　毒見役を置かない場合、普通は身分の低い人が先に飲んで確かめるのでは……)

医者が梁を診察するのを見守りながら、雨蘭は最近学んだ知識と照らし合わせて不思議に思った。

三

梁が倒れて数刻――。

毒茶の件で平和だった廟内は大騒ぎとなっている。

早くに応急処置を行ったおかげで、幸い梁は一命をとりとめたと聞いた。しかしながら、未来の皇帝が危うく命を落とすところだったのだ。

皇帝軍の人間が廟にたくさん乗り込んできて、更なる被害が出ないよう警戒しながら、事件の経緯を調査しているらしい。

梁を助けた雨蘭も、他の者同様に事情聴取を受けた。

「お前はあの場でやけに冷静だったようだが、事件が起こると知っていたのではあるまいか」

退路のない密室で、雨蘭は強面の武人に睨まれた。熊のような見た目の男だ。

普通の女性ならこれだけで怯んでしまうのだろうが、田舎娘はそうはいかない。

(こっちは普段、野生の熊を相手にしてるんだから！)

雨蘭は胸を張り、反論する。

「まさか！　私が犯人だとしたら、何故毒を飲ませた相手を助けるんですか？」

「恩を着せ、取り入ろうとした可能性もある」

「そんな汚い真似、絶対にしませんし、思いつきすらしないです！」

武人との間に火花が散る。なかなかしぶとい男だ。

お互い一歩も引かず、ついには立ち上がっての口論に発展すると、静かにしていた明が口を挟んだ。

「その女には事件を画策する脳もなければ、実行する器量もない。見て分からないか」

（明様⁉　それってただの暴言じゃないですか！　そんな主張、通るわけが……）

「それもそうか」

熊男は数度頷き、のそりと椅子に腰を下ろす。

（何で⁉）

雨蘭が犯人でないことは納得してもらえたようだが、全く素直に喜べない。

（……明様、さっきのは私を助けるための言葉だと信じています）

礼を伝えたら「事実を言ったまでだ」と言われてしまいそうだが。

「事件について、私の知っていることはお話しした通りです。梅花さんや使用人の話と同じでしょうし、春鈴さんと香蓮さんが捨てた茶葉は調べればその跡が見つかると思います」

「捨てられた茶葉については大方調べがついている」

「それなら、梅花さんは無罪放免ですよね？」

「お前に話せることは何もない」

熊男は冷たく切り捨てた。

梅花は事件の後、実行犯としてどこかへ連行されたまま戻ってきていない。春鈴と香蓮は廟に留まっているというのに、おかしな話だ。

お茶を注いだのは確かに梅花だが、それだけで彼女を犯人扱いするのは軽率だと思う。

「明様……」

雨蘭は明に訴えかける。

「それ程あの女が大事か」

「親友ですから」

「向こうはそう思っていないようだが」

「それでも、私にとっては大切な友人です」

一歩も譲らない雨蘭の熱意に、明は深い溜め息をついた。

「安心しろ。どうにかする」

こうして雨蘭は圧迫問答から解放されたのだった。

＊

事件から数日経つが、梅花は未だに姿を見せない。しかし、今は明の「どうにかする」という言葉を信じて彼女の帰りを待つのみだ。

「おい」

素気ない声に振り向くと、見知らぬ美男子が立っている。事件調査のため、宮廷から来た人間だろうか。

「は、はい。何か御用でしょうか」

「御用でしょうか、じゃない。何故まだここにいるんだ。講堂に集まれと伝えてあっただろう」

「えっ、あっ！　ぼーっとしてました」

太陽の位置からして、掃除を開始してから随分時間が経っていたようだ。

今朝、楊美がわざわざ調理場まで伝えに来てくれたのにも拘らず、雨蘭は集合の指示をすっかり忘れていた。

「まったく、お前というやつは……」

（えっ、あれ……、この声と匂いって……）

よく知る声が、見たことのない男から発せられている。

さっぱり整えられた黒髪に、少し勝気な薄墨色の目。男らしい端正な顔。どこかで聞いたことのある風貌だが、思い出せない。

「どうせそんなことだろうと立ち寄った俺に、礼を言うんだな」

黒の官服を着た男は、横柄だが親しげな口調で話しかけてくる。まるで以前から知り合いであるかのように。

「あの、失礼ですが、どちら様ですか？」

「本気で言ってるのか」

「声と匂いが限りなく明様に近いとは思うのですが、その、お顔が……」

雨蘭は口ごもる。もっと冴えないお顔を想像していましたとは、流石に言えなかった。

「これまでは、女に騒がれるのが面倒で隠していただけだ」

短くなった前髪を摘んで彼は言う。

（うわ～！　本当に明様なんだ）

髪が整えられたことにより、陰鬱な雰囲気がすっかり消え、今や高慢な態度も様になる若手美形官僚だ。

「なるほど、確かにそのお顔だと騒がれそうですね。でもどうして急に顔出しを？」

梁不在の今、顔を出したら確実に飢えた女性たちの標的になるだろう。

「さぁな。何となく、けじめのようなものだ」

「お顔を出していた方が素敵です」

「惚れたか？」

「いえ、全く」

雨蘭が即答すると、明は一瞬複雑な顔をしたが、すぐに「お前はそういう奴だよな」と目を細めて笑った。その瞬間、彼の纏う空気が緩む。

明はいつも、こんなにも優しい眼差しを向けてくれていたのだろうか。

不意に雨蘭の胸はぎゅっと締め付けられたように苦しくなる。けれど痛みはなく、温かいものがじんわり体中に広がっていくようだった。

「ここへ集まってもらったのは、先日の一件の状況と今後についてを伝えるためだ」

明は顔を出した状態で堂々と前に立ち、ざわつく候補者たちを無視して話し始めた。

「えっ、あの人誰？　宮廷から来た人？」

「素敵な方ね。私、梁様より好みかも」

「少し怖そうじゃない？」

「そこが男らしくていいのよ。何よりお顔が美しい！」

遅れて入ってきた雨蘭は、女性たちが小声でお喋りをするのを聞きながら、空いている席に座る。

梁という目の保養を失った候補者たちは、案の定、明の素顔に釘付けだ。

突如現れた美形の男に夢中なおかげで、雨蘭の遅刻は誰にも気づかれなかった。

「梁は幸い一命をとりとめたが、しばらく廟からは離れることになった。補佐役だった俺が代役を務める」

明の一言で候補者たちの雑談はわっと盛り上がった。

「補佐役だったってことは、あの髪の毛もっさり男？」

「嘘～、あんな男前だと知っていたら、もっときちんと振る舞ったのに！」

彼女たちにとっては梁が助かったことよりも、目の前の見目麗しい男が明だったことの方が重要らしく、お喋りは留まることを知らない。

「私語を慎め」

しびれを切らした明が怒りを孕(はら)んだ声で窘めると、講堂は一瞬で静まり返った。

彼の眉間にはくっきり皺が寄っており、明らかに不機嫌なのにも拘らず、女性たちはこぞって熱っぽい視線を送っている。

彼女らは梁に一途(いちず)なのかと思いきや、顔の良い男には惹かれるらしい。

これを機に、明に好意を持つ女性が現れるかもしれないが、雨蘭は何故か素直に喜ぶことができなかった。

(お顔だけじゃなくて、明様の良さをきちんと分かってくれる人が良いな)

それでいて、護りたくなるような健気(けなげ)で可愛らしい女性が彼には合うのではないか。

何だかんだ優しい明のことだから、きっとお嫁さんを大切にするだろう。

(明様に大切な人ができたら、私はお話ししたり、勉強を見てもらうのを控えなくちゃいけないよね)

雨蘭にもそのくらいの分別はある。女性の嫉妬の恐ろしさなら、ここへ来てよく学んだつもりだ。

明が花嫁を選んだのなら、雨蘭は使用人として雇ってもらえたとしても、軽口を叩くことはおろか顔を合わすことすら許されないかもしれない。それは少し寂しい。

明が可憐な女性と仲睦まじく並んでいる姿を想像し、胸がツキンと痛む。

「事件についてだが、宮中から運ばれてきた茶葉に黄藤草の葉が混入されていた。茶葉を調合した者の不注意と見られている。よって、調査を終了し、一時的に勾留されている者の身柄を解放する」

当の明は候補者たちと一切目を合わせず、事件の成り行きを淡々と述べる。

圧迫的な事情聴取が行われたわりに、結局は犯人という犯人のいない事故だったようだ。梅花も無事解放されるようで、雨蘭はほっとする。

「このような状況下であるが、皇帝は引き続き訪問を希望している。今回の件で懲りただろうが――」

薄墨色の鋭い目が、ある二人をぎろりと睨んだ。

春鈴と香蓮、大したお咎めを受けていないが、事件のきっかけを作った二人は気まずそうに視線を逸らす。

「真面目に準備を進めること。今度くだらない真似をしたら、即刻追い出す。以上」

話が終わったので一番に席を立とうとした雨蘭だが、明は名前を呼んで引き留めた。

「雨蘭、お前は残れ」

「えっ⁉　私ですか⁉」

何故お前だけが特別扱いなのだという皆の視線が痛い。ついこの前までは雨蘭が明と話していても誰も気にかけなかったというのに、何という手のひら返しだ。

「怪力女に頼みたい雑用があるだけだ。他の者は帰れ」

そう言って退出を促すものの、候補者たちはどうにか明と関わりを持ちたいようで、出ていく素振りを見せながらも彼の顔色を窺う。ところが明は不機嫌そうな雰囲気を纏って腕を組み、仁王立ちを崩さず、全く話しかける隙を作らなかった。

流石に分が悪いと判断したのか、候補者たちは口惜しそうに講堂を後にした。

「私は何を運べば良いのでしょう？」

一人残された雨蘭は席についたまま手を挙げる。

話の流れからして何か運び物を頼まれるかと思ったが、どこにも荷物は見当たらない。

「ああ、あれは女どもを帰らせるための建前だ。お前には梁が毒に倒れた事件の真相を調べてもらいたい」

明は端的に要件だけを述べ、壇上に設けられた玉座に図々しくも足を組んで座った。

回りくどい言い方を嫌う彼らしいが、予想外の頼まれ事に雨蘭の思考は一瞬停止する。

「……真相も何も、先程事故だと仰っていませんでした？」

「表向きは事故という扱いだ。梁もそれを強く望んだからな。ただ、俺は何か裏があると思っている。訪問を成功させること。真相を摑むこと。この二つが皇帝から受けた命だ」

「皇帝陛下が……。ですが、調査については私より相応しい専門家がいるのでは？」

雨蘭は小首を傾げる。

「俺は——お前の馬鹿みたいに前向きな行動力と、田舎者らしい逞しさをそれなりに買っている。人に警戒心を与えることもないだろうしな」

「そうなんですね！　それは、ありがとうございます」

意外な褒め言葉に雨蘭は目を瞬かせた。てっきり、呆れられているとばかり思っていたが、いつの間に認めてもらっていたのだろう。

「勿論俺は俺で調べる。ただ、梁が持っていた莫大な仕事を引き受ける必要があることを考えると、お前の方が自由に動けるだろう」

調理場の手伝いや畑仕事、廟の掃除の時間を削ってでも、調査を優先させろと明は言う。陛下直々の命とあれば、怠惰な彼も手を抜くわけにはいかないらしい。

「分かりました。引き受けます。その代わり、もし上手くいったら私を使用人として雇ってくれませんか？」

雨蘭の本来の目的は職を得ることだ。ここぞとばかりに条件をつける。

「お前はそこまでして使用人になりたいのか」

がめつい雨蘭に呆れたのか、彼は険しい顔をする。

「はい！　どうしても定職に就きたいので」

「他の女どものように、皇妃になりたいとは思わないのか？　皇族に取り入れば金などどうにでもなるものを」

「いくら私でも、身の程は弁えています。それに梁様は素敵な方ですが、私はもっと体躯の良い、一緒に畑をやっていける人が理想です」

「体躯の、良い……」

明は何とも言えない複雑な表情で口を閉ざしてしまった。

前髪がなくなったおかげでいつもより分かりやすいが、鈍い雨蘭は彼が何を考えているのか全く理解できない。

「明様？」

「……就職先は考えてやる。何か問題に直面した場合はすぐに言え。こちらでどうにかする」

「は、はい！　よろしくお願いします！」

＊

「ちょっと、どういうことよ！」

「信じらんない！」

宿舎に戻ると、春鈴、香蓮の二人が戸の両脇に立ち、雨蘭を待ち構えていた。

以前の雨蘭なら、「何のことでしょう？」と聞き返して怒りを助長させていたが、最近は察する能力が向上した。

というより、彼女らが妬み口調で話題に上げるのは、決まって男のことである。

「明様のことですか？」

「貴女、彼の素顔を知っていて、以前から言い寄っていたんじゃない⁉　そうでなきゃ話しかけようと思わないもの」

短気な春鈴が感情的に詰め寄る。しかし、そんなことを言われても雨蘭は誰と話すかを顔の良し悪しで決めてなどいない。

「ええ……。私も明様の素顔は今日初めて知って、びっくりしましたよ」

「白々しい。やたらあの人に絡んでいると思ったら、必死に媚を売っていたのね」

普段は比較的冷静な香蓮も、男のことになると良識を失う。

（この人たちは、男性の顔しか見てないのかな）

これではまるで明には顔以外取り柄がないようではないか。明の良いところは他にたくさんあるのに、と雨蘭の心に靄がかかる。

何と言い返すかを考えているうちに、静かな足音が聞こえてきた。

「性懲りも無くみっともない真似をしているのね」

曲がり角から姿を現した美しい天女はそう言って笑う。

「梅花……」

「梅花さん！」

久しぶりに見る彼女は、事件の直前よりも健康的で艶やかに見えた。紅色の上質な衣を着て、自信に満ちた表情で春鈴と香蓮に語りかける。

「貴女たちがこそこそ汚い手を使うつもりなら、私も今まで使ってこなかった汚い手を使おうかしら」

「……っ」

「これまでのことを父上に言いつけたらどうなるでしょう。ああ、黄家が貴女たちの家の借金を肩代わりしていたのは今は昔の話だから、あまり意味がないかもしれないわね」

ふっ、と鼻で小さく息を吐きながら、梅花は目を細める。

（わっ、悪い顔だ……！　けど悪女な梅花さんも美しい……！）

「春鈴、行きましょ」

「はいは～い」

家の話を持ち出されて分が悪かったのか、二人は梅花を睨みつけた後、あっさりと去っていった。

「梅花さん、お帰りなさい！」

「相変わらず騒々しい。もう少し静かにできないの？」

「大丈夫ですか？　酷い目にあいませんでしたか？」

「身の丈に合う生活をさせてもらったわよ。田舎暮らしに比べたら天国でしょうね」

「それは良かったです！」

梁の件で落ち込んでいるかと思いきや、意外にも彼女は元気そうだ。

嫌がらせを受けていた環境からしばらく離れることができ、結果的には良かったのかもしれない。

「そうだ！　梅花さんと一緒に連行された使用人も戻ってきたのでしょうか？」

「知らないわ」

彼女がここにいるということは、事件当日、茶葉を持ってきた使用人も解放され、戻ってきているはずだ。どこでどのようにあの茶葉を見つけたのか、話を聞かなければ。

明が雨蘭に求めているのは、そうした愚直な聞き込み調査だろう。

「お話を聞きに行ってきます！」

「まったく。今度は何を始めるのだか……」

思い立ったら即行動の雨蘭は、呆れる梅花を置いて駆け足で廊下を引き返した。

＊

「今日は芋か」

夜食の包みを開けた明の頬が、ぴくりと引き攣ったのを雨蘭は見逃さなかった。

「お嫌いでしたか？」

「嫌いではないが、もう少しどうにかならなかったのか。これはまるでお前だ、芋女」

明は箸で蒸し芋をつつきながら、グチグチと文句を言ってくる。

（お金持ちは丸ごと蒸した芋に齧り付く幸せを知らないのね）

芋は良い。他の作物と比べて育てるのに手がかからず、多少痩せた土地でも実をつけてくれる。品種によっては蔓も葉も食べられて、いつだって貧乏人の味方だ。

「今日は旦湖の方まで行ってきたんです。事件の収穫はありませんでしたが、採れたての芋をたくさんもらいました！」

いつものように夜食を運んできた雨蘭は、一日の出来事を明に報告する。ちなみに旦湖とは都の南方に位置する大きな湖だ。

楊美に確認したところ、例の使用人は責任を感じて辞めてしまったというので、彼女の田舎まで話を聞きに行ったのだった。

「旦湖までどうやって行った。馬でも往復するのに数刻かかる距離だぞ」

「どうって。普通に走りましたよ」

「……お前が馬並みの脚力ということがよく分かった」

鬱陶しい前髪がなくなったことにより、明の呆れ具合が表情からよく分かる。

(田舎の人間にとっては別に驚くことでもないんだけどな)

確かに雨蘭は故郷でも体力のある方だったが、呆れるほど驚かれたことは一度もない。

「で、話を戻しますと」

「その女は、茶葉は宮廷から送られてきたものと言っただろう」

「何で分かったんですか!? 丁度宮廷から茶葉が届いたところで、梅花さんが出来れば白茶が良いと頼んだこともあり、その中から白毫の名がついたものを選んだそうです」

白毫とは白い産毛がいっぱいついた芽から作られる高級なお茶だ。飲んだことはないが、有名なので茶葉は専門外の雨蘭でも知っている。

使用人の彼女は、単に梅花の要望に合ったお茶を選んだだけだろう。

実際に会話した時の雰囲気からしても、雨蘭の直感は怪しい人物ではないと告げている。

「軍の調書と同じ内容だな。規則では公費の管理人である梁の検収確認を待つ必要があるところ、事情を聞いた荷受人が特別に許可してしまった、だろ？」

（そういえばそんなことを言っていたような？）

難しい言葉が多かったので雨蘭はすっかり忘れていたが、とりあえず頷いておく。

「進展はなしか。明日は芋以外にしろよ」

明は口が乾くと文句を言いながらも、残っていた芋を口に詰め込んだ。

嫌なら残してくれて構わないのに、いつも何だかんだ平らげてくれる。意外と貧乏根性を持ち合わせているのかもしれない。

（明日は何か精のつくものを出そう）

暗い表情で咀嚼をする明を前に雨蘭は思う。

きっと明は雨蘭が想像するよりずっと忙しいのだ。物がなく、殺風景だった部屋には書物や巻物が散乱し、彼の目の下には黒い影がこびりついている。

「何だ、勉強はいいのか」

雨蘭の視線に気づいた明は不思議そうに尋ねた。

「梅花さんに見てもらうので大丈夫です。忙しいと思うので、私はそろそろ帰ります」

彼女が雨蘭の勉強に付き合ってくれるかはさておき、疲れた様子の明に負担をかけることは避けたい。

「待て。勉強しないというなら膝を貸せ」

空になった芋の器を回収して帰ろうと手を伸ばしたところ、彼は雨蘭の袖を掴んで引き留めた。

「膝……ですか？」

「使用人になりたいのなら、使用人の仕事を教えてやる」

「それはありがたいですが、私は何をすれば良いのでしょう」

手を貸してくれと言われたことはあるが、膝を貸せと言われるのは初めてだ。明の急なお願いに戸惑いながらも雨蘭は頷いた。

「まずはあそこに座れ」

「寝台のことですか？」

不思議に思ったが、彼が「そうだ」と言うので雨蘭は寝台の指定された位置に腰掛けた。すると明は無言で雨蘭の膝——正確には太腿（ふともも）の上に頭を乗せ、寝台に横たわる。

「えーっと？」

雨蘭は状況を理解できず、動きを止めた。

（これは俗に言う膝枕というやつでは⁉　この前は下民ごときが俺に触れるな！　って

感じだったのに……）

膝枕というのは、田舎では恋人同士や若い夫婦がするものだったように思う。

（それを何故、明様が？）

つい先日、肩を揉もうとした時のことを思い出す。あの時は明が固まってばかりいたが、今日は雨蘭が固まる番だ。

「……これも使用人の仕事なのでしょうか？」

「ああ。主人の疲れを癒（いや）すのも立派な仕事だろう」

明がそう言い張るので、雇い主が望むのであれば、こういう仕事もあるのかもしれないと雨蘭は自分を納得させる。心なしか頬が熱いのは無視をした。

「明様は私に触れられるのが嫌だったのでは？」

「……あれは驚いただけだ。それにしても硬い膝枕だな」

「ご不満でしたら、正規の使用人を呼びましょうか」

「このままで良い」

雨蘭は戸惑いながらもそっと、膝の上の柔らかな黒髪を撫でてみる。明は目を細め、今にも眠ってしまいそうだ。

「少し寝る。帰りたくなったら起こせ」

「はい」

余程疲れていたのだろう。しばらくすると明は小さな寝息を立て始めた。

会話がなくなり、しん、とすると、膝の上で寝ている人物は一体誰なのだろうという感覚に襲われる。

前髪とともに、以前の人格はどこかへ行ってしまったのだろうか。

もしくは、仕事のしすぎで頭がおかしくなってしまったのかもしれない。

（可愛い……）

自分の膝で無防備に眠る明を見て、ふとそう思った。そして、久しぶりの温（ぬく）もりに雨蘭は故郷の家族を思い出す。

兄は薬を買えただろうか。幼い弟妹は母を困らせていないだろうか。

二人分の体温で体が温まったせいか、雨蘭まで急な眠気に襲われる。大きな欠伸（あくび）をひとつして、無駄に大きな寝台に背を預けた。

＊＊

（もう明け方か）

明は覚醒しきらない頭でぼんやり考える。昨晩、雨蘭に膝枕をさせ、そのまま眠りについてしまった。

空は白みはじめ、枕元の棚に置いた灯りもとっくに消えている。

明け方近くまで一度も覚醒しなかったようだ。これほどまでに熟睡できたのはいつぶりだろう。

明はゆっくり上体を起こす。雨蘭はどうしたのかと視線を巡らすと、寝台の隅で丸まっている物体が目に入った。

（まったく、無防備な奴だな）

膝枕をしていたはずの彼女はどうやらそのまま眠りに落ち、明を振り落としたらしい。体を丸め、緩みきった幼い顔で眠っている。

明はそっと雨蘭の頭を撫でてみた。出会った頃は見るからに手入れされていなかった髪が、今はしなやかにまとまっており、手触りも良い。明が密かに送った櫛と整髪薬を使ってくれているのだろうか。確かめるように指で髪を梳く。

余程深い眠りについているのか、はたまた図太さ故か、雨蘭は目覚める気配がない。

（大切な人……か）

雨蘭に問われた日のことを思い出す。

気づけば明はずっと雨蘭のことを気にかけていた。

馬鹿みたいに前向きで、厚かましく、鬱陶しい女でしかなかった雨蘭だが、今はそれが好ましい。

泣き顔を見てからというもの、雨蘭にはいつも通り笑顔でいてほしいと思い、彼女のことが頭から離れなくなった。

（まさか……この俺がな）

いつか、彼女にとっての特別——大切な人になれたら良い。

この感情が何なのか。明は既に気づいている。まだ素直に言葉にして伝えることはできずにいるが。

雨蘭が目覚めたら、きっと慌てて調理場へ向かうだろう。その姿をありありと想像できて自然と笑みがこぼれる。

人員補充をした今、雨蘭が調理場を手伝う必要は全くないのだが、いつしか明は彼女の作る田舎料理に胃袋を掴まれていた。あれが食べられなくなるのは惜しい。

それに、行くなと言っても、彼女は自分の意志を曲げることはないだろう。それで良い。雨蘭は明の知る女とは違うのだ。

自分は母親という女の陰に長く囚（とら）われていた。誰かを大切に想うことも、想われることもないと決めつけていた。

そうではないということを受け入れるのに戸惑いつつも、そうではないと教えてくれた存在を愛おしく思う。

今日は昼過ぎに宮廷へ赴く用がある。誘ったら彼女はついてきてくれるだろうか。

そんなことを思いながら、雨蘭の健やかな寝顔を見つめていた。

＊

「おおー」

立派な石造りの城門を見上げ、雨蘭は感嘆の溜め息をつく。宮廷にいくつか存在する裏門の一つらしいが、それでも十分立派だ。

門の上部には屋根付きの建造物が付属しており、田舎者にはここが宮城本体であってもおかしくないように思う。

「三つ入り口がある場合、間違っても真ん中は通るなよ」

「暗黙の了解というやつですか」

「真ん中は皇帝のための道だ」

「なるほど」

門にも三つの扉があり、雨蘭は明とは別の一番小さな入り口を通るように言われた。

明が同行しているおかげで止められることはなかったが、門番の視線を痛いほど感じる。

（もしかして、気合を入れて化粧した痛々しい田舎娘だと思われてる⁉）

明に誘われ宮廷に行くと梅花に告げたところ、明に恥をかかす気かと怒られ、贈り物一式を引っ張り出して化粧を施してくれた。

更に贈り物の紫の衣装を着て、高貴な女性への変装は完璧だと思われたが、うちから滲み出る田舎者臭を消しきれていないのだろうか。

（いつもより目鼻立ちがはっきりして可愛くなったと思ったけど、やっぱり駄目か）

心なしか今日は明とも目が合わない。よほど酷い有様なのだろう。

雨蘭の葛藤など露知らず、ずんずん歩いていってしまう明を小走りに追いかける。

「私をここに連れてきたということは、事件の関係者がいるんですね？」

「そういうことだ。適当なことを言って茶室に潜り込んで、茶葉の管理状態を確認してこい」

明はそう言うと、茶室までの道順を教えてくれた。

「あの……明様は？」

「俺は官舎に急ぎの用がある。一人で行け」

「えええ⁉ 私一人で宮中を歩いていたら、絶対に浮きますよ！」

明は雨蘭の姿を上から下まで眺める。意外にも彼はめかしこんだ姿を揶揄ってこなかった。

「今日のお前は……。まぁ、大丈夫だろう。帰りは迎えに行く」

（大丈夫って何が⁉）

去っていく男の背中を見送りながら、雨蘭は心の内で叫ぶ。扱いが雑なのは今に始まったことではないが、初めての場所くらい案内をしてほしかった。

（えぇーっと、ずっと真っ直ぐ行って、突き当たりの道を……なんだっけ？）

案の定、雨蘭は道に迷ってしまった。

明に教えてもらった道順を思い出すことは潔く諦めて、微かに漂う茶葉の匂いを辿って進んだ。いざという時は記憶よりも五感の方が頼りになる。

幸い人とすれ違わずに、茶室らしき場所まで辿り着くことができた。芳しく、濃厚な茶葉の匂いが漂ってくるのでここで間違いないだろう。

美しく整えられた庭園の小径を進み、建屋の引き戸に手をかける。

「わっ！」

建て付けが悪いせいか戸が重く、力を入れて思い切り引いたら外れてしまった。

（私、壊しちゃった……？）

雨蘭は外れた戸を両手で支え、呆然とする。暑いのに、冷たい汗が背を伝っていく。

「大丈夫ですか？」

前髪を横に切りそろえた青年が、慌てた様子で中から駆け寄ってきた。

「は、はい。私は平気です。それより戸が！」

「この扉、ずっと調子が悪いのですが外れたのは初めてです。多分直りますよ」

彼はそう言ってにこやかに戸を受け取ると、上下を器用に木枠にはめて直してくれた。どうやら雨蘭が壊したというわけではなさそうだ。

「茶室に何か御用でしたか？」

扉が修復され胸を撫でおろしたのも束の間、青年の爽やかな問いかけに雨蘭はぎくりとする。

聞かれて当然の質問だが、勢いだけで突撃してしまい、用事の内容を全く考えていなかった。雨蘭は慌ててそれらしき回答を考える。

「その――、主人に出すための茶葉を悩んでおりまして」

「そうですか。ご主人は宮廷内でお仕事を？」

「普段は別の場所で仕事をしていますが、今日はこちらに用があるというので同行させてもらいました」

「仲の良いご夫婦なのですね。奥へどうぞ」

（夫婦⁉）

主人と使用人の関係を想像していた雨蘭は、青年の言葉に衝撃を受ける。

地方の官僚が田舎娘と結婚し、宮廷に茶葉を買いにくることでもあるのだろうか。

青年が納得している手前、訂正を告げることもできず、夫のために茶葉を探しにきた妻を演じることになってしまった。

「どのような茶葉をお望みでしょうか」

「茶室があると聞いてよく知らずに来てしまったのですが、本来は個人に茶葉を売るところではないですよね？」

応接用と思わしき大きな机の前に座らされた雨蘭は、建屋の中をぐるりと確認する。庭を見ながらお茶を飲めるような造りになっているので、宮廷を訪れた高貴な方たちが息抜きに利用するのだろう。

「そうですね。ただ、求められれば対応します」

「それなら、夜食とともに出したいので、消化に良いさっぱりしたものはありますか？」

「青茶や黒茶が良さそうですね。お待ちください」

青年は木製の仕切りの裏に隠れ、しばらくすると茶器一式を持って現れた。

手際よく準備をすると、淹れたての茶を雨蘭に出してくれる。雨蘭はおかしな匂いがしないかを入念に確認し、口に含んだ。

「美味しい」

嘘偽りない感想がぽろりと漏れた。

口に入れた瞬間芳(かんば)ばしい風味が広がり、仄かに甘みも感じるが、喉を通る頃には余韻がさっと消えてなくなっている。

雨蘭が実家でお茶だと思って飲んでいたものと、全く違う飲み物のようだ。

「茶葉を二種ほど混ぜてみました」

「ここで調合するんですね」

「はい。厳選した茶葉を仕入れ、質を見極めて薬のように調合しています」

茶葉と薬、これらの言葉から燕に教えてもらった歴代皇帝の話を思い出す。

確か一代前の皇帝は健康への関心が高く、日頃からお茶を薬として飲んでいたはずだ。

「この場所は前皇帝の時代に設けられたのでしょうか」

「そうです。よくご存知ですね」

ここで働く人はどう考えても茶葉選びの専門家だ。見習いの新人ならともかく、誤って毒草を混入するとは思えない。

「ここで働いているのはお兄さん一人ですか？」

「ええ。少し前までもう一人いたのですが、事情があって去りました」

青年は言葉を濁したが、去った一人というのは黄藤草を混入した人物に違いない。不注意による事故として片付けられたにしても、茶葉管理を行っていた者が何のお咎めもなしとはいかないだろう。

（もっと踏み込んだ話をしないと。今日の収穫は茶葉です！　なんて言ったら絶対明様

に怒られる）

焦る雨蘭だったが、機転を利かせる頭もない。

「黄藤草の芽と、茶の芽を間違えることは実際のところあり得るのでしょうか」

つい率直に尋ねてしまった。表情を強張（こわば）らせた青年を見てまずいと感じたがもう遅い。

「事件についてご存知でしたか」

「主人が梁様の知り合いで。話を聞き、個人的に気になっているだけです」

雨蘭は場を和ませようと脳裏に梅花を浮かべ、彼女のように優雅に笑ってみた。

「黄藤草と茶葉を間違える——普通なら起こり得ないことです」

真面目そうな青年は目を伏せ、首を横に振る。

「黄藤草の新芽は干すと毒素が薄まり、微量であれば鎮痛作用の効果を持つため、ここでも取り扱っていました。しかし、あの量を取り違えるのはあり得ない」

怒り、いや、哀（かな）しみだろうか。感情が滲み出る強い口調で青年は語った。

「あり得ないですか……。それでは何故起きてしまったのでしょう」

「僕からしてみれば、意図して混入したとしか思えないのです」

雨蘭は思わぬ収穫にごくりと喉を鳴らす。

「そのことは調べを受けた時に話しましたか？」

「はい。ただ、彼女はそのようなことをする人物ではない。誰かに脅されたか、騙（だま）されたに違いないということも伝えました」

青年は軍の出した結論に納得していないように見えた。協力してもらえるかもしれないと、雨蘭は話を持ちかける。

「私はただ、事件の真実を知りたいだけなんです。良ければその人のことを教えてもらえませんか？」

彼は一瞬目を泳がせたが、「真犯人を見つけてくれるのならば」と話を聞かせてくれた。

黄藤草を混入した人物は、静（じん）という女性で、青年にとっては師匠であり、尊敬する人物だったという。

名前の通り物静か。博識で、あまり人と関わることのない内向的な性格らしい。争いごとには無縁で、人を傷つけるような人ではないと彼は続けた。

廟へ送る茶葉の管理は彼女に一任されており、青年は詳しく知らなかったようだ。

「その静さんと、梁様は知り合いだったのでしょうか」

「調べを受ける中で初めてお顔と名前が一致したのですが、梁様はよく茶葉を求めにいらっしゃっていました。静さんとはそれなりに親しかったのではないかと思います」

「なるほど。そうすると、我々の知らないところで二人に何かあったのかもしれませんね」

雨蘭は新たに得た情報をもとに、様々な推測をしてみる。

その一、静という女性は梁に対し何らかの恨みがあって黄藤草を混ぜた。

（痴情のもつれという可能性もあるけど、廟に送られた茶葉を必ず梁様が飲むとは限らないから違うか）

その二、誰でも良いので毒を飲ませてみたかった。

（彼の話を聞く限りそんなことをする人には思えない）

その三、誰かが静という人を脅し、廟に毒茶を送るよう仕向けた。――植物毒、という点で雨蘭の良く知る前例がある。

（もしかすると、あの二人が？）

ほくそ笑む春鈴と香蓮が頭に浮かぶ。

梅花を排除するため、備蓄されている茶葉を隠し、取り寄せた毒茶を使うように仕向けたのだとしたら？　あり得ない話ではないが、もしそうだとしたら梁が死んでしまっては元も子もない。

（ああ、もうぜんっぜん分からない！）

「大丈夫ですか？　鼻から血が……」

「へ？」

青年が慌てるので鼻に手を当ててみると、ぬるりと赤いものが付着する。どうやら脳を酷使しすぎて、鼻血が出たらしい。

あれこれ考えて悩むことは雨蘭には向いていないのだ。頭を使うのは明に頼めば良いと、一旦考えることを放棄する。

難しい話はもう終わりだ。雨蘭はもらった塵紙を鼻に詰め、お茶を飲みながら青年と他愛のない話をする。

茶葉に合う料理の話や、青年の故郷の話が楽しくて、随分と時間が経ってしまった気がする。これ以上長居するのは申し訳ないと思い始めた頃、丁度迎えが現れた。

「おい、いるか？」

「明様！」

早く帰りましょうとばかりに、雨蘭は引き戸から顔を覗かせた人物のもとへと駆け寄った。

「その鼻は何だ」

「頭を使いすぎたら血が出ました」

「ふっ……」

明が鼻で笑うので、雨蘭は「笑わないでくださいよ！」と言って唇を尖らせる。

血が止まっていることを確認し、そっと塵紙を抜いた。

「茶葉をお忘れですよ」

青年は戸口まで紙の包みを持ってきてくれる。

すっかり忘れていたが、雨蘭は茶葉を求めて茶室を訪れたことになっていたのだ。包んでもらってしまった以上、今更不要ですとは言い出せない。

雨蘭は恐る恐る隣の男を見上げる。

「買ったのか？」

「明様……お金を貸してください」

「だろうな。君、恵徳帝廟の公費としてつけておいてくれ」

「かしこまりました。今度は夫婦お揃いでいらしてくださいね」

青年は明に茶葉の包みを渡すと外に出て、丁寧に頭を下げて送り出してくれた。

「夫婦とはどういうことだ」

茶室からの帰り道、明はぼそりと呟いた。

（やっぱり気になりますよね!?　私なんかと夫婦に思われて屈辱だろうな）

「すみません。何故か勘違いされてそのままでした。夫婦だなんて、あり得ないですよね」

「まぁ、今日のお前はそこそこ見られるからな」

「そうなんです。門でもじろじろ見られて、そんなに変ですかね」

雨蘭がその場で回ってみせると、重なった白と紫の薄布がふわりと宙に浮く。

梅花に貸した桃色の衣よりはまだこちらの方が地味な色だと思ったが、やはり農民には上質すぎて馴染まないのだろう。

「そういう意味ではない。……意外と似合っているし、可愛いと思う……」

「明様？」

「……髪飾りが」

「あっ！　これ！　可愛いですよね」

布で形作られた白い蘭の花に、いくつもの銀細工が雨のように連なり、垂れ下がっている。梅花が「これは貴女のために作られたものね」と言っていた。流石に偶然だろうが、自分の名前を連想させるものと知って雨蘭は愛おしく感じている。

その可愛らしい髪飾りが、どうやら明の目にも止まったようだ。

(びっくりした～！　一瞬、私のことを可愛いと言ったのかと思った)

明がそんなことを言うわけがない。勘違いしてドキッとした自分を恥ずかしく思う。

ところが、少し先を歩いていた明は急に立ち止まり、珍しく「雨蘭」と名前を呼んだ。

それだけでも驚きだったのに、何を思ったのか彼は左手を差し出すではないか。雨蘭は目を丸くして「へっ⁉」と素っ頓狂な声を上げる。

「夫婦のふりをした方が良いんだろ」

「え、ええ……？　でも、きっともう見てませんよ」

そう言って雨蘭が振り返ると、こちらに気づいた青年は再びぺこりと頭を下げた。

（見てる！　しかもにこにこしてる！）

目の良い雨蘭には青年の表情まではっきり見える。

「ほら、早く帰るぞ」

「は、はい……」

去り際まで夫婦のふりを続ける必要があるのだろうか。よく分からないが、雨蘭は差し出された手を思い切って握った。

（……男の人の手だ）

明の手は雨蘭のものより大きくて、節くれだっている。

初めて家族以外の若い異性と手を繋ぐせいか、隣を歩く明にまで聞こえているのではないかと思うほど、ドキドキと心臓の音が煩い。

雨蘭は動揺がバレないよう平静を装って明に話しかけた。

「ところで明様、ここを辞めさせられた静という人の行方は分かりますか？」

「軍が把握しているはずだ。聞いておく」

会話はそこで途切れてしまう。他の話題も思い付かず、二人は手を繋いだまま、黙って帰り道を歩く。

熱が出たのかと思うほど火照る頬に気を取られ、雨蘭は隣で自分以上に顔を赤くしている明に気づくことはなかった——。

四

今現在、雨蘭は鼻歌を歌いながら楽しく芋を植えている。先日もらってきた芋が、畑の作物第一号となった。

事件の調査を始めてから早一週間、雨蘭は地道な聞き込みを続ける一方で、畑仕事もこなしていた。

何か重要なことを忘れている気もするが、真に重要であれば自ずと要件の方からやって来るだろうと呑気に考える。

「おい、芋女」

「はい、何でしょう？」

土に汚れた顔を上げると、畑の隅に渋い顔をした明が立っていた。相変わらず疲れた顔をしているのは、梁から引き継いだ仕事で忙しいからだろう。

思いがけず明に会うことができただけで雨蘭の気持ちは明るくなる。そして、彼が自分のためにわざわざ足を運んでくれたと思うと、自然と笑みがこぼれる。

宮廷に赴いたあの日から、雨蘭は妙に明のことが気になっていた。

「当然のように返事をするな。何だ、その格好は。元通りじゃないか」

「畑仕事をする時にお洒落(しゃれ)はできませんから。それより明様が畑にいらっしゃるのは初めてですね。視察ですか？」

「違う、調べていた女の件だ。早くしろと急(せ)かしていただろ」

彼は手に持っている巻物を気怠そうに振る。その中に彼女の行方が記されているようだ。

できる限り早急にとお願いしていたため、わざわざ届けに来てくれたらしい。

「静さんの居場所が分かったんですね！」

畝の間を駆け、明から巻物をもらうと中身を確認する。

（うん、何も分からない）

本来の字体を崩し、にょろにょろと書かれた文字は、雨蘭には未だ解読不能だった。

「案外近くにいる。都の中央市場で年老いた薬売りの父親を手伝っているらしい。ついていきたいところだが、仕事を長く抜けられそうにない。悪いな」

「一人で大丈夫です。今すぐ行ってきます！」

「馬は……お前の場合いらないな。少しは銭を持っていけ。必要経費だ、好きに使って良い」

明は女性の居場所を告げると、懐から布の包みを取り出し、雨蘭に渡した。少しと言うが、これまで雨蘭が持った銭の中で一番重かった。

＊

都にいくつかある市場のなかでは、中央市場が一番大きい。

雨蘭は過去に一度だけ、故郷全体が大豊作だった年に、父やご近所さんと一緒に中央市場まで売りにきたことがあった。

当時と変わらず、市場は活気に満ち、たくさんの人で賑わっている。

肉、魚、果物。切り花、衣服、雑貨。様々な売り物で溢れ、混ざり合った強い臭いにむせそうになる。

ここでは何もかもが売り物になり、どんな物でも手に入るような気がした。

(とりあえず来てみたけど、ここから探し出すのは至難の業だなぁ)

市場の姿は毎日変わる。生鮮食品類は大体固まって定位置に存在するが、その他は混沌としている。

闇雲に探して回るよりも、『薬売りの老人とその娘』という情報をもとに、聞き込みをした方が早そうだ。

「人探しをしているんですけど、ここで薬売りをしているお爺さんを知りませんか？」

ひとまず目が合った女性に尋ねてみる。薄い布切れの上に、ずらりと並べられた木の彫刻は、彼女か、彼女の家族の作品だろう。

「あー、少し前までこのあたりにいたけど、最近見かけないね」

「場所を移動したんじゃないかい？ 向かいのお婆なら世話になってたみたいだし、知ってるかもね」

隣で昼食をとっていた別の中年女性が口を挟むと、瞬く間に向かいに座る老婆に声がかかる。

「おーい、玉婆！ 前に買ってた薬屋の爺さんの行方を知らない？」

「あの人ならぽっくり逝っちまったよ」

「違う、違う。それは靴屋の旦那だろうが。薬売りならこの前、東の外れで見たぞ」

横から男性が老婆の話を訂正すると、雨蘭が声をかけた女性はからっと笑って言う。

「だってさ。何か買ってくれたら情報代はまけといてやるよ」

流石彼女ら物売りは逞しい。タダというわけにはいかなさそうだ。

いつもの雨蘭なら負けじと交渉したかもしれないが、今日は明にもらったお金がある。これも必要経費だ。穏便に済ませてしまおうと、売り物を眺めた。

「うーん、それならこの狐？ 猫？ の置物をください。知り合いにそっくり」

雨蘭は頭に浮かんだ誰かさんにそっくりな動物の置物を選ぶ。

「お姉さん！　うちも情報提供したんだから何か買ってくれよ」

支払いを終えた途端、向かいの男性からも声がかかる。

こうして聞き込みの度に素直に応じていたら、雨蘭の両手はすぐに塞がってしまった。

（これは流石に使いすぎだって明様に怒られるかな……）

一度どこかに荷物を預けた方が良いかもしれない。雨蘭は引き受けてくれそうな人を探して歩く。

「わっ、すみません！」

脇見をしていたせいで誰かにぶつかり、明によく似た獣の彫刻が地面に転がり落ちた。

「大丈夫？」

「はい。ありがとうございます」

ぶつかった相手――白髪交じりの女性は転がった彫刻をわざわざ拾い上げ、雨蘭に渡してくれる。

（頭が良くて、優しそうな人……）

聡明（そうめい）さが顔に滲み出ているとでも言えば良いのだろうか。市場にいる他の誰とも異なる気品と、控えめな雰囲気がある。

同時に、彼女の服からツンとした薬の匂いを感じ、それに混じってほんの少し――気のせいかもしれないと思うほど僅かに茶葉の香りがした。

雨蘭の直感が働く。

「もしかして、静さんですか？」

名前を呼ばれた女性は驚いて目を丸くする。

「確かに静ですけど……どこかでお会いしたことがありました？」

「私、廟での事故の真相を調べているんです。少しお話させてもらえませんか？」

その言葉を聞いた瞬間、静は血相を変えて駆け出した。

（しまった、もっと慎重に話を切り出すべきだった！）

「静さん待って！　これ、少し預かっていてください！」

偶然近くにいた玩具を売り歩く男に荷物を押し付け、雨蘭は全速力で追いかける。足が特別速いとは言えないが、相手は年配の女性である。持久力で負けるはずがない。

「待ってください！　私はただの使用人見習いで、話を聞きたいだけなんです！」

人波を縫うように、時に押しのけ、魚売り場から流れた謎の液体に足をとられながらも、雨蘭は走り続ける。

（あと少し……！　私はどこまでも追いかけますよ！）

気迫が伝わったのか、静はぴたりと足を止めた。雨蘭は咄嗟に踏ん張るが、勢い余って彼女に突撃しそうになる。

「わっ！　どいてください！」

言葉に従い、静はさっと雨蘭を避けた。

勢いを殺すことができなかった雨蘭は、そのまま道に並べられていた盆栽の棚に突っ込んだ。

どんがらがっしゃんという派手な破壊音の後、売主の悲鳴が響き渡る。

「お前～っ！　何てことをしてくれたんだ！」

「すみません！　お金を払うので赦(ゆる)してください！」

雨蘭は有り金全てを差し出した。これで足りなかったら、明に金を無心しよう。一刻も早く丸く収め、静を追わなければならない。

「貴女、これは多すぎるわ。ここにあるのは大して価値のない盆栽よ」

「静さん……」

横から現れた静はひょいと銭を掴むと、盆栽売りの男に渡す。

「これだけあれば足りるわね、弁償するということで赦して頂戴」

あっさりその場を収めた静は雨蘭に「さぁ、行きましょう」と声をかけ、踵(きびす)を返(かえ)した。

「どうして待っていてくれたんですか？」

逃げようと思えば、怒られている雨蘭を放って逃げられたはずだ。

「ここから逃げたところで地の果てまで追ってきそうだったんだもの。あの執念深さ、前世は蛇——いや、猪突猛進なところは猪ね」

静は息を整えながら、やれやれと観念したように雨蘭に向き直った。

＊

静から受け取ったお茶は温かくも冷たくもなく、苦いような、甘いような独特の味がした。

「ありがとうございます」

「はいどうぞ。安心して、毒は入っていないわ」

彼女に連れられて向かった先は、人影がまばらな市場の端、椅子に座った高齢の男が眠るようにして木箱の番をしている場所だった。

雨蘭と静は現在、そこに小さな椅子を並べて向き合って座っている。

「何故事件のことを調べているの？」

静は乱れた髪を結い直しながら、雨蘭に尋ねた。

「私、梁様が倒れた場にいたんです。それで、軍の出した結論に納得がいかない方——梁様の幼馴染に真相を調べるよう頼まれました」

「……そう。貴女は皇帝軍の人間ではないのね？」

「はい。ただの使用人見習いですし、事を荒立てるつもりもありません」

彼女は視線を伏せ、じっと考え事をしているようだ。やはり何かを知っているのだろうと、雨蘭はぐいっと茶を飲み干し、直球勝負に出た。

「黄藤草のこと、聞いても良いですか？」

髪を結び終えた静は、短く息を吐く。

「混入したのは間違いなく私」

聞き出すまでに時間を要するかと思ったが、意外にもあっさり答えが返ってきた。

「……意図的に、ですよね」

「そう。一杯では死なないぎりぎりを狙って調合した」

「何故そのようなことを？　誰かに脅されでもしましたか？」

「脅されてはいないけど、彼に頼まれたからよ」

「彼？」

「梁様」

静の口から飛び出した想定外の人物に、雨蘭の頭は真っ白になる。

「そんな、どうして……」

「どうするつもりだったのか、私も知らないわ。一杯では死なない量を求めた理由も分からない」

「そのこと、軍の取り調べでは話していないんですよね？」

「ええ。彼の立場を守るため事故と言い張った」

容疑者の静は事故であると主張する。

被害者の梁は、自身が毒茶を手配したという真相を伏せるために静の主張を受け入れ、関係者に厳しい処罰を与えないよう申し出た。

（だから皇帝軍は事件からあっさり手を引いたんだ）

静の語った内容は納得せざるを得ないほど辻褄が合っていた。

「静さんは仕事熱心な方だったとお弟子さんに伺いました。何故誇りを捨ててまで梁様の頼みを受けたのですか？」

雨蘭が彼女の立場だったら。例えば、丹精込めて育てた野菜に毒を混ぜろと言われたら、絶対に断るだろう。

どれだけお金を積まれたとしても、生産者の誇りにかけて許せることではない。

「正直報酬には興味がなかった。後継も育ってあの場所に未練がなかったことと、結局は我が子可愛さ故に、かな」

彼女は自嘲の笑みをこぼしたが、それよりもその内容に驚いた。

「ええっ⁉　静さんは、梁様のお母様なんですか⁉」

「私が勝手に母のような存在だと思っているだけ。彼は拾い子なの」

驚きの連続に雨蘭は目を見開く。

「梁様は皇帝陛下のお孫さん、次期皇帝では？」

「恵徳帝がどこかで拾ってきた子だから、孫のような存在かもしれないけれど違うわ」

梁が宮廷に来てから処遇が決まるまでのしばらくの間、茶室で預かり、適齢の女だという理由で静が面倒を見ていたのだという。

何もかも初めて知ることだった。雨蘭と同じく、梁の存在に騒いでいた他の候補者たちも知らないのではないだろうか。

「そう、なんですね……。梁様は一体毒茶をどうするつもりだったのでしょう」

雨蘭の知る梁は穏やかで優しく、いつも笑顔で、人を傷つけるような人間には決して見えない。

「恵徳帝の本当の孫に飲ませるつもりだと思ってた」

静はそう言うと、寂しそうな表情で話を続ける。

「誰よりも努力をして、相応しい器を持っていながら、どう足掻(あが)いても彼は世継ぎにはなれないの。きっと、本当の孫に対して複雑な気持ちを抱いていたはずよ」

だから梁の要望に応じた、と静は言う。

「——でも、最近思うの。彼が誰かに毒を飲ませようとするかしらって」

彼女が知っていることをあっさり話してくれたのは、雨蘭に真相解明を託すことに決めたからしい。

このことは軍に話さないようお願いされ、雨蘭は「勿論です」と言って頷く。

(梁様は皇太子ではなくて、本物の皇太子に毒を飲ませようとしてた可能性があるなんて、明様にも何て話したら良いか分からない)

雨蘭は話を聞かせてくれた静に礼を言い、預けたままだった荷物を回収して帰路についた。

＊

その日の晩、北の離れを訪れた雨蘭は、明の机に無言で動物の彫刻を置いた。

「これは何だ」

「市場で明様似の置物を見つけたので、お土産です」

「……。例の女は見つかったのか？」

聞かれるだろうと思っていた。未だ気持ちの整理ができていない雨蘭は顔をぐしゃっと歪める。

「どういう顔だ」

「見つからなくて悔しかったという顔です」

「まったくお前というやつは。言葉で返事をしろ」

正直に生きてきた雨蘭にとって、記憶にある限り初めてついた大きな嘘だった。

明は特に疑っていないようだが、罪悪感の塊が肩のあたりにずしりと乗る。

(明様ごめんなさい。梁様の考えを確かめるまで、もう少し時間をください)

明は今日も忙しそうだ。巻物に書かれたにょろにょろ字を読みながら、朱色の墨で何やら添削を入れている。

「明様、梁様はどのような方ですか?」

調査の一環を装い話を聞く。幼馴染である明ならきっと、梁のことを誰よりも知っているはずだ。

「……あれは柔和に見えるが頑固で、根っからの仕事人間だ。朝から晩まで働き詰めでも苦にならないらしい。そういう意味ではお前と似ている」

明は筆を動かしながらも答えてくれる。

「人間関係で揉めていたとか、事件の前に何か気になる点はなかったでしょうか」

「俺の知る限りではないな。見た目通りの平和主義で甘い男だ。敵を作りがちな俺とは違う」

(明様にも思い当たる節はなし、か。そうなると、毒茶を飲ませようとしていた相手は本物の皇太子くらい?)

梁こそが皇太子だと思い込んでいたので、本物がどのような人物なのか想像もつかない。毒を飲ませたくなるほどの、嫌な奴なのだろうか。

「明様はこの国の皇太子をご存知ですか」

「知っている。怠惰でやる気のない奴だ」

「梁様はその人のことを嫌っていました？」

「……疎んでいたかもしれないな」

明は硯に筆を置き、立ち尽くす雨蘭を見た。

彼の僅かな微笑みに、いつぞや梁が見せた陰のある表情が重なり、いつのことだったかと雨蘭のちっぽけな脳みそは一生懸命記憶を呼び覚ます。

（そうだ。廟で梁様に会った日のことだ）

雨蘭が「明様のことを大切に想われているのですね」と言った時、梁は困ったように笑って答えを濁したのだった。

「雨蘭」

「はっ、ぼーっとしていました」

「何かあったのか？　疲れたのなら早く戻って休め」

「芋の他には何を植えようかなーと悩んでいただけなので、大丈夫です」

雨蘭は適当なことを言って誤魔化すが、不審に思ったのだろう。明が近くに寄れと手招きをする。

嘘がばれたのかと動揺しながら机に身を乗り出すと、彼は雨蘭の頬を指でぎゅっと挟んだ。

「お前はいつも通り馬鹿みたいに笑っていろ。そうでないと気が休まらん」

「みんさま、いひゃいです」

彼らしい横柄な振る舞いだが、眼差しは優しい。何だかんだ雨蘭のことを心配してくれているのだろう。

すぐ目の前にある端正な顔に雨蘭は心乱される。初めて素顔を見た時から整った顔だとは思っていたが、最近、以前にも増してかっこよく感じられるのは何故だろう。

(黒よりも薄い、灰色……田舎ではあまり見ない目の色だなぁ)

次期皇帝は黒髪に薄墨色の目をしている。萌夏の声がふと脳裏をよぎった。

(あれ、本物の皇太子ってもしかして……まさか。まさかだよね)

一つの解に辿り着きそうになった雨蘭は、思考を止めた。

もし答えが正しかったとしたら――。

雨蘭はとんでもない失態を犯してきたのではないだろうか。

＊

（もし、万が一、明様が本物の皇太子だとしたら……梁様は明様を疎ましく思って毒を飲ませようとしていた可能性もあるってこと？）

雨蘭にとっては打ち消したい考えだが、梁が皇太子でないとしたら、実は幼馴染である明の方が本物、という可能性は大いにある。

むしろそう仮定した場合、明の尊大な態度や、毒見役のいない模擬演習で梁が先に茶を飲んだこととの謎は解ける。

皇族の容姿など、余程近しい人間でない限り拝むことはないだろう。

廟で一番の権威を持っており、かつ優れた容姿の梁を、候補者たちが勝手に皇太子だと思い込んでしまってもおかしくない。

「今、余所ごとを考えているだろう」

「っすみません！」

野太い声に雨蘭の肩が跳ね上がる。いつの間にか、料理長の声を聞いた瞬間に謝る癖がついてしまっていた。

考え事をしながらでも雨蘭の手はきちんと動いていたようで、目の前にはやけに豪華な野菜の飾り切りが誕生している。

(私ったら、朝からこんなものを出してどうするつもりだったの……)

失敗を繰り返す自分に呆れ、雨蘭は項垂れた。

「お前、まさか皇帝陛下訪問の日どりを忘れてはいないだろうな」

料理長の問いに雨蘭は頷く。

「はい、覚えています。もう翌週ですね」

日が近づき、他の候補者たちは毎日演習や準備で忙しそうにしている。

梁がいなくなってしまったことにより、彼女らのやる気は著しく低下すると思いきや、今度は明に言い寄ろうと必死なようだ。

「前菜はどうなった」

「前菜……?」

何のことだか、一瞬合点がいかずに目が泳ぐ。

「あ」

忘れ去っていた大切なことを思い出した雨蘭は、体からさぁっと血の気が引いていくのを感じた。

「やはり忘れていたか。お前が正規の見習いならとっくに破門している」

料理長は最早怒る気もないらしい。呆れた目で見下ろされた雨蘭は、心の中で絶叫する。

（うわあぁぁぁ!!　陛下にお出しする前菜！　梁様の件があって、試食会が延期になってたから忘れてた！）

何か忘れているような気がしていたのは、このことだったのだ。

「今すぐ相応しい前菜を作ってみろ。出来ないのなら、お前には任せられない」

「分かりました。作ってみせます」

無謀かもしれないが、挑戦しないで諦めるのは雨蘭の生き方に反する。

雨蘭は調理台に真剣な顔で向き合った。

以前、梅花からいくつか役立ちそうな料理を教えてもらったが、馴染みのない手の込んだ料理を今この場で再現することは不可能だ。

（私が自信を持って作れる料理は毎朝担当している簡単な食事と、故郷の田舎料理くらい。どうする？）

追い込まれた雨蘭に、萌夏がちらちら視線を送ってくる。心配してくれているのだろう。

宮廷の台所で働いた経験を持つ彼女は言っていた。料理長の品ですら陛下はなかなか召し上がってくれない、と。

（ああ、そうか。もしかしたら！）

誤った解釈をしたかもしれないが、少なくともそう判断した根拠はある。根拠があれば説得ができる。

しばらく考え込んだ後、雨蘭は自分を信じて調理に取り掛かった。

「出来たか」

「はい」

料理長と雨蘭、対峙する二人の間に重苦しい空気が流れた。

「思ったより早かったな」

「手の込んだものが最善とは限りません」

雨蘭は覚悟を決め、出来立ての品を料理長の前に置いた。

「芋のスープか。簡素な品だな」

蒸した芋を潰し、牛の乳や雨蘭が習得した基本のスープを混ぜ合わせて作ったものである。

使う食材の質に差はあれど、彼の言う通り田舎でも作られる簡単な料理だ。

料理長が匙で掬い、口に含むのを雨蘭は固唾を呑んで見守る。

「味は悪くないが、これは庶民向けだ」

料理長が陛下に相応しくない料理と指摘するのは想定通りだ。雨蘭はすかさず、この料理であるべき根拠を述べた。

「宮廷料理を専門とする料理長はそう感じるかもしれませんが、私は皇帝陛下のことを考え、この品を作りました。陛下はご高齢、かつ季節は初夏です。前菜は少なめで、喉を通りやすい方が良いと思います」

「それは一理あるな。だが、あまりにも簡素だ」

「陛下の旧友である燕様から話を聞きましたが、引退して畑をしたがるようなお方です。庶民向けのお料理も、きっと気に入ってくださると思います」

料理長の作る品は、見た目が美しく、凝っていて、味のしっかりしたものが多い。

高貴な方が好む伝統的な食事なのだろうが、雨蘭のような庶民には重すぎる。

もしかしたら庶民派の陛下も、たまには質素な料理を食べたいのではないだろうか。

「……」

「あのー、料理長？」

無言でスープを見つめる料理長に恐る恐る声をかける。

「少し時間をくれ」

そう言うと、彼は調理場から出て行ってしまった。

朝食の準備は終わっているので問題ないが、雨蘭は答えをもらえないまま取り残されてしまう。

「萌先輩、これはどういう状況でしょう？」

「ウチも初めて見る……アンタの指摘が的確だったから葛藤してるとか？」

料理長に詳しい大先輩に解説を求めるが、彼女にも分からないようだった。

第三章　永久就職はお断り

一

皇帝陛下訪問までの一週間はあっという間に過ぎていった。

雨蘭は畑の仕上げと廟の掃除で忙しくしていたが、明の忙しさはその比ではないようで、事件の真相解明は一旦保留となっている。

陛下に出す前菜がどうなったかというと、その後、料理長から見事合格をもらった。

それどころか雨蘭の話を受け、彼は葛藤しながらも他の品を見直したようである。

雨蘭は「私の仮定が本当に正しいかは分からない」と告げたが、料理長には「梁様が何故お前を指名したか分かった気がする」と過大評価を受けてしまった。

もし雨蘭の読みが外れ、陛下が激怒したら——定職に就くという雨蘭の夢は潰(つい)えるだろう。

大緊張の訪問当日、雨蘭はいつもの農民服姿で調理場にいた。芋のスープを作る必要があることに加え、演習のように現場を見学するわけにはいかないからだ。

どうせ陛下の目に触れないのだから、いつも通りの服装で問題ないだろう。

「ねぇ、さっき給仕の知り合いに聞いたんだけど、陛下だけじゃなくて、皇太子もいるらしいじゃん！」

萌夏が卵を泡立てながら、興奮気味に話しかけてくる。

当日までに何度も改良を重ねた渾身(こんしん)の芋スープが運ばれていくのを見届け、ほっと一息ついたところだった。

いつもの雨蘭であれば、当たり障りのない受け答えをして会話を終えただろうが、皇太子という言葉を聞いて過敏に反応してしまう。

「皇太子⁉　どのようなお方か、聞きました？」

「短めの黒髪に薄墨色の吊(つ)り目、黒い官服で超美形だって。宮中で流れてた噂は正しかったみたい」

（あれ……やっぱり……）

萌夏の話を聞き、雨蘭の顔は引き攣った。

「他に何か聞きましたか？」

「実はずっと廟に滞在されてたらしいよ！　集められてる女たちが、今更気づいてぎゃーぎゃー騒いでるってさ」

がつん、と頭を殴られたかのような衝撃が走る。

（あああああ。これはもう、十中八九そう。皇太子――つまりは次期皇帝って明様のことだよね⁉）

そっと蓋をしていた恐ろしい可能性が、ここへ来て自ら飛び出してきてしまった。

「北の地区にいるのって、もしかして皇太子なんじゃない？　アンタ、それらしき人を見かけなかった？」

「さ、さぁ……記憶にありません」

雨蘭は目を泳がせ、しどろもどろに返事をする。

きっと今頃、他の候補者たちは本物の皇太子が誰であるかを知り、驚きと興奮に震えているだろう。一方、雨蘭は後悔と恐怖に震え上がっている。

「アンタ、大丈夫？」

「あはは、前菜作りに緊張していたのか、急に疲れが。萌先輩、少し休憩をいただいても良いですか？」

「行ってきな！　後のことはウチらに任せといて」

萌夏は不審には思わなかったようだ。雨蘭はふらふらと廟の外に出る。

心安らげる場所と考えた時に、一番に浮かんだのはやはり畑だ。

陛下はまだ食事中だろう。加えて、畑は見学予定に組み込まれていないらしいので、出くわしてしまう心配もない。

緑でいっぱいになってきた畑を訪れた雨蘭は、陛下のために一生懸命準備したのになぁ、と少し残念に思いながら土嚢の上に腰を下ろす。

(明様はこれまでの無礼を何だかんだ赦してくれそうだけど、他の候補者たちにまた怒られるだろうな……)

明が美男の皇太子だと知れた今、彼女らがどのような暴挙に出るか分からない。

毒茶事件の後は梅花が春鈴と香蓮を牽制することで一定の平和が保たれていたが、もしかしたら梅花まで今日を境に敵に回ってしまうかもしれない。

春鈴と香蓮に至っては、今頃雨蘭をどう追い出すか思案していることだろう。

(今度こそ命を狙われるかもしれない)

廟へ来て初めて講堂に集められた際に女性たちが放っていた殺気を思い出し、雨蘭は夏なのにぶるりと震えた。

「そこのお嬢さん」

「はい？」

しわがれ声に呼びかけられ、顔を上げる。雨蘭の前にいたのは燕ではなく、仙人のように白い顎鬚を生やした老人だった。

「桃饅頭のおじいちゃん⁉」

声が裏返った。思いもよらない人物の登場に驚き、慌てて立ち上がる。

「おお、やっぱりあの時のお嬢さんか。雨蘭と言ったな」

「どうしてここに？ また家出ですか？」

雨蘭が心配すると、老人は朗らかに笑う。

「少し廟に用があってな。しかし、堅苦しくて疲れてしまった」

「それで抜け出してきたんですね」

つられて雨蘭も笑った。

（おじいちゃん、もしかしたら燕様のように、陛下のお知り合いかな）

今日廟に来ているということは、皇帝陛下御一行とともに行動しているのだろう。

雨蘭をここに紹介してくれたことからしても、陛下と縁があるのかもしれない。

「良い畑だ」

賞賛の言葉を聞き、雨蘭は瞬時に元気を取り戻す。

「ありがとうございます！ 皇帝陛下に見ていただきたくて、一生懸命頑張りました」

「慣れない環境で頑張っていると聞いているよ」

「皆さんに良くしていただいているおかげです」

雨蘭は老人からもらった贈り物のことを思い出す。贈り主に会えると知っていたら、しっかり着飾っていただろうに。

「先日は贈り物をありがとうございました。今日は裏方仕事だったので、見窄らしい格好ですみません……」

「贈り物？　はて、なんのことか」

「私に美しい衣や化粧道具を贈ってくださったのは、おじいちゃんでは？」

そうでなければ、一体誰が雨蘭に贈り物などするのだろう。故郷の家族では絶対に手が出ない代物だった。

「それは私ではないな。きっと、お嬢さんに惚れた男からの贈り物だろう」

「そんな人はいませんよ。私、この通りぱっとしない田舎娘ですし」

本当のことを言ったつもりだったが、老人は自分を卑下すべきでないと雨蘭を窘める。

「私は見た目の美しさなど、大して重要でないと思っている。大事なのは本質だ。中身の美しい人であり、中身を見て判断できる人であってほしい。そう願っているが、お嬢さんはやはり私の見込み通りだったよ」

（えーっと、見込み通りとは？）

使用人の素質が十分ということだろうか。

恐らく老人は雨蘭に「見た目は気にしなくて良い」と言ってくれているのだと思うが、どうも話についていけていない気がする。

雨蘭が小首を傾げていると、逞しい男が茂みを掻き分け現れた。桃饅頭の時と同じような光景だ。

「こんなところにいたのですか。すぐにお戻りください」

「早かったな、龍偉」

「いつものことですから。燕様と一緒の時は尚更危ない」

迎えに来た男は、深い、深い溜め息をつく。

「仕方ない、戻るとするか」

「そういえば、おじいちゃん。お名前を教えてもらえませんか？」

雨蘭は去り行く背中に問いかける。

「なに、すぐ分かる。お嬢さんは台所に戻りなさい」

老人は楽しそうに言うと、そのまま行ってしまった。

（あれ。私、調理場で働いていることを話したっけ？）

不思議に思いながらも、雨蘭は言われた通り畑から引き揚げるのだった。

「ただいま戻りました」

「あれっ、早かったね。もう大丈夫なの？」

調理場に戻った雨蘭を見て、萌夏は驚いた顔をする。

「はい、少し気分転換ができたので」

問題は全く解決していないが、桃饅頭の老人に再会し、畑を褒めてもらったことで少しだけ気持ちが軽くなった。

「今のところ、料理への文句は来ていないですよね？」

「たぶん」

萌夏と雨蘭は料理長の様子をちらりと窺う。いつもなら片付けに残らない男が、腕を組んで椅子に座っている。

頭が垂れているので居眠りしているようにも見えるが、陛下に出した料理に万が一問題があった時のため、ああして待機しているのだろう。

「こんなもの食えるか！　ってことなら、とっくの昔に話が来てると思うよ。皿も空になって戻ってきてるから、心配無用さ」

「それなら良かったです」

格子状の窓から、調理場の前を集団が通り過ぎていくのが見えた。候補者たちはここを通らない。服装からして正規の使用人だろう。

「あ、ちょっと待ってて」

萌夏は集団の中に知り合いを見つけたらしく、洗い物を置いて飛び出して行った。

雨蘭が洗い物を代行してしばらく経つと、萌夏は最新情報を入手して戻ってくる。

「食事が終わって、陛下はしばらく休まれるんだってさ。時間が空くから部屋に戻って待機するらしい」

「お腹いっぱい食べた後は眠くなりますもんね」

「ウチらの仕事もこれで一段落だね」

陛下の食事は何事もなく済んだようだ。

萌夏が天井に向かって両腕を伸ばすと、ボキボキと心配になる程の音がする。

朝からひりついていた調理場に一時の平和が訪れた。はずだった。

「料理長」

現れた黒い服の男に、その場にいた全員が注目する。声をかけられた料理長は椅子から飛び起きた。

「明様、料理に何かありましたか？」

「いや、良くやってくれた。食べる人のことを考えた食事で素晴らしい、という言葉を預かっている」

「それでは如何なさいましたか……」

明は洗い物をする雨蘭に視線を向けた。嫌な予感がする。

「ちょ、あれ！　黒髪の、薄墨色の目をした美男子！」

萌夏は雨蘭を肘で小突き、興奮気味に囁く。

「雨蘭、俺と来い」

「……はい」

雨蘭は観念して洗い物を止め、明の言葉に素直に従う。

萌夏は目と口をまん丸に開いて、雨蘭が歩いていく様子を見つめていた。

(ああ、ついに萌先輩に知られてしまった。せめて使用人に呼びに行かせるとか、もう少し気遣ってくれても良かったのに)

雨蘭は内心恨めしく思いつつ、さっさと歩いて行ってしまう明を追いかけた。

「どこへ行くのでしょうか」

移動中、女性とすれ違う度に黄色い歓声が上がるが、彼は全て無視して足早に通り過ぎる。

「皇帝がお前を呼んでいる」

「えっ⁉ 私、何かしましたか？」

「はぁ。気づいていないのか。お前は呆れるほど疎いな」

改めて記憶を辿ってみるが、食事以外で陛下に呼び出されるようなことをした覚えはない。

「疎いと言いますが、明様が次期皇帝かもしれないことには、薄々気づいていました。でも、考えないようにしていたんです」

「今日明かされたのでしょう？」

「聞いたのか」

「じじいが勝手にしたことだ」

明は陛下に対して舌打ちをする。酷い態度だが、身内なら許されるのだろうか。

「何故正体を隠していたのですか？」

「女避けのためだ。梁を表に立たせれば、見た目と地位にしか関心のない人間は、都合良くあれを皇太子だと思うからな」

「つまり、敢えて立場を入れ替えていたんですね」

「そういうことだ。舐めた態度を取るお前には、何度も言ってやりたいと思ったがな」

頑丈な扉の前で立ち止まった明はにやりと笑い、雨蘭の額を指で弾く。

（あれ、ということは梁様が毒茶を飲ませようとしていた相手って明様……）

雨蘭が思考を巡らせるよりも先に、控えていた武人二人がさっと扉を開ける。

（この先に陛下が……急に緊張してきた～！）

明に続いて一歩、二歩、踏み出し、部屋の仕切りを跨いだところで雨蘭はなんとなく、床に伏して挨拶をする。こんなことになるのなら、陛下への正しい挨拶を燕に習っておけば良かった。

「お初にお目にかかります！　雨蘭と申します！」

「そんな堅苦しい真似はしなくて良い。顔を上げて前を見ろ」

「ですが、相手は皇帝陛下ですよ？」

不安げに明を見つめると、彼は「俺は皇太子だが」と言う。ごもっともだ。

「雨蘭や、こちらを見なさい」

前方から声がかかる。

聞き覚えのある声にまさかと思い、雨蘭は前を見た。

「……え？　桃饅頭のおじいちゃん？　おじいちゃんが、恵徳帝？」

「すぐ分かると言っただろう」

皇帝陛下は悪戯っぽく微笑んだ。

金の羽織(はおり)と帽子を身に纏い、先程までと姿は異なるが、間違いなく桃饅頭の老人だ。

老人の横には、いつも迎えに来る龍偉という男が控えている。

「そういうことだ。お前を廟に送り込んだのも、あの人のくだらない悪戯だ」

思考が停止した雨蘭の横で、明が溜め息交じりに言う。

陛下は「悪戯ではない、私は初めから本気だった」と孫の発言を否定した上で、「少し話をしよう」と雨蘭に語りかける。そして、先ほどまでと変わって威厳のある声で明に退出を命じた。

「明啓、お前は席を外すように」

（明様の本当のお名前、明啓っていうんだ）

どうやら明というのは略称らしく、正式な名前はいかにも皇族だ。

「俺のいないところでこの女に色々話すつもりだろう」

明は出ていけと言われたことが余程不満なのか、下唇を噛み、陛下を睨んでいる。

「好きな子に向かってこの女はないだろう。その調子では何も進展していないな」

「……っ、勝手なことを言うな！」

雨蘭は声を荒らげて反抗する明の姿に驚いた。

いつも冷静で大人びた彼が、動揺を滲ませて国の最高権力者に噛み付いている。

（そりゃ私みたいな田舎娘を好きな子だと勘違いされたら怒るよね）

「話したいことは全て話すつもりだ。聞きたいのなら聞いていけば良い」

「最悪だ」

そう吐き捨て、明は荒っぽく部屋を出ていってしまう。

取り残された雨蘭は、突然始まった家族喧嘩に呆気にとられていた。

「あ、あのー、大丈夫ですか？」

「いつものことだ、問題ない」

「明様、陛下の前だと少し雰囲気が違いますね」

「そうだろう。大方お嬢さんの前では格好をつけているのだろうよ」

孫が反抗するのはいつものことらしい。陛下は特に気にする素振りもなく、どっしりと構えている。

二人きり、いや側近の龍偉を含めると三人という状況になってしまった。

これまでは、ただの老人と若者として気軽に話すことができていたが、立場を明かして対峙した途端に雨蘭は言葉を失ってしまう。

「あの、話というのは……」

「半ば騙すような形でここへ連れてきて悪かった」

陛下はあろうことか、庶民である雨蘭に向かって軽く頭を下げた。

「いえっ！　お気遣いなく！　何かの間違いかなとは思いましたけど、色々経験させていただいて感謝しています」

「そろそろ明には身を固めてもらわなくてはと思っていたのだが、如何せん捻くれていて、女嫌いの困った孫でな。強硬手段に出たというわけだ」

顎に生えた長い白髭をいじりながら陛下は言う。

「梁様のお嫁さん探しではなく、明様のお嫁さん探しだったのですね」

「梁か。あの子はあの子で仕事にしか興味がないものだから、ついでに良い子が見つかれば良いとは思っていたが、あまり上手くいかなかったようだ」

（梁様は完全に、明様のお相手を探すためのお仕事と割り切っていたと思います……）

恐らく梁は、候補者たちのことを明の嫁に相応しい人物か、という視点でしか見ていなかった。

以前、梁が困り顔で「陛下が孫の結婚相手を探しているのは本当」と回答していたのは、自分の花嫁探しではないという認識だったからだろう。

「街でお嬢さんに会った時、ピンときたよ。こりゃ、孫のどちらかが気に入るとな」

陛下は「ほっほっほ」と変な笑い方をする。

（孫のどちらか？）

『気に入る』という言葉はさておき、雨蘭はまるで孫が二人いるような発言が気になった。

「梁様は拾い子という噂をお聞きしましたが、他にもお孫さんがいるのでしょうか？」

「ほう。知っておったか」

「静さんという方に聞きました」

陛下に隠し事は無用だと思い、雨蘭は情報源を伝える。

陛下は「そこまで行き着いたか」と呟いた。その言葉に、この方は雨蘭たちが知らない何か、事件の真相に迫る事実を既に知っている。そんな気がした。

「梁は昔、才を見込んで拾ってきた戦孤児だが、私にとっては孫同然だ。行く行くは丞相として明を支えてもらいたかったのだが、今回の件があってはなぁ」

陛下は事件についてどこまで知っているのだろう。雨蘭は尋ねようとしたが、その前に陛下がにこりと笑って話をすり替えてしまった。

「それで、どうだ。明啓のことを少しは良いと思ってくれているかな？」

「えーっと？　明様は一見分かりにくいですが、優しい方ですよね」

「男としてはどうだ？　態度は悪いが、私に似てなかなかの男前だろう」

何故このようなことを聞くのだろう。雨蘭は疑問に思いながら質問に答えていく。

「明様をそのような目で見たことは一度もないです」

明のことは男性だと認識してはいるが、恋愛対象として捉えたことはない。

そもそも庶民の自分が偉い人とどうこうなろうと考えること自体おこがましい、と雨蘭は思う。

「こりゃ駄目だな、龍偉」

「ですが、そういうところが彼にとっては良かったのでしょう」

陛下は隣に立つ側近とこそこそ話している。耳の良い雨蘭には丸聞こえだ。

「雨蘭や、率直に言おう。明啓と結婚してくれないか」

「はい⁉」

驚きを抑えきれず、雨蘭の裏返った声が密室に響く。

つい、この人は一体何をふざけたことを言っているのだろうと思ってしまった。

「明啓と結婚してやってほしい」

雨蘭が聞き直していると思ったのか、陛下は念押しのように繰り返す。

しかし、言葉の意味を理解できないのではない。あまりに突拍子もなくあり得ないことを頼まれて、ただただ混乱しているだけだ。

「重く考えずにただ、結婚を——」

「私は田舎の貧しい農民で、こんな見た目ですし、明様も私などと夫婦になろうとは絶対思わないはずです！」

三度目の申し出を遮るようにして、雨蘭はあり得ないという感想を伝える。

「全くもって伝わっていませんね」

「素直になれない明啓も悪いが、この子も相当疎いのだろう」

男たちはまたひそひそと会話した後、呆然と佇む雨蘭に言葉をかける。

「毒茶事件の後、私と明啓は取引をした」

今回の訪問を成功させること。事件の真相を暴くこと。

それらを条件に、皇帝軍の調査を終了し、容疑者として勾留されている人物の解放を認めるという内容だったらしい。

梅花が廟に戻ることができたのは、明が陛下に願い出たからということのようだ。

「お嬢さんが頼んだのだろう」

「確かに、頼みましたが、でもそれと、これとは……」

「あやつはお嬢さんのことをとても大切に思っている。それだけは間違いない」

（明様が、私を大切に思っている……？）

首を傾げる雨蘭に、陛下は朗らかに笑いかけた。

「お嬢さんの見ず知らずの老人を助ける優しさや、料理にも表れている気遣い、そして前向きな力強さは明啓を――この国を照らす光になるだろう」

「そ、そんな、大袈裟です！」

「長年皇帝を務めた私が言うのだから間違いない」

圧をかけるように「結婚を考えてやってほしい」と話を締めくくられ、雨蘭は操られた人形のように、ぎこちないお辞儀をして謁見の間を出る。

ちなみに、雨蘭と事件の調査をするよう勧めたのも、田舎娘の能力を見込んだ陛下らしい。頭の中は真っ白だ。

「終わったか」

今一番会いたくない人物が、渡り廊下の欄干に背を預けて立っている。

欄干を乗り越えて逃げ出さない限り、雨蘭は彼の前を通らなければならない。

（あわわわわわわ）

おろおろと挙動不審な動きをする雨蘭に、明が一歩、また一歩と迫る。

「じじいに聞いたな」

「聞きましたけど、嘘ですよね？」

「何が」

「明様が私とけっ、結婚するなんて、そんなこと明日世界が滅ぶにしてもあるわけないです」

近づいてくる男に対し、雨蘭もじりじり後退りするが、あっという間に壁際に追い詰められた。

やたらと端正な顔が視界いっぱいに広がり、視線を合わせられずに固く目を閉じる。

（また頬をぎゅってされる？　いや、殴られる⁉）

「あり得なくもない」

「へ？」

驚いて目を開けた。想像以上に明の顔が近くにあり、雨蘭はどうにか目線を逸らす。

「この際だから言うが、俺はお前のことを割と好ましく思っている。女としてかは……認めたくないが」

沈黙とともに、過去最高に居心地の悪い時間が訪れた。

気が動転したせいか雨蘭の体は熱を持ち、心臓は狂ったように早鐘を打っている。

「何か言ったらどうだ」

「ええっと、何を言えば良いのですか？」

「嬉しいとか、光栄だとか、何かあるだろう」

明の発言に対して感想を言えということか。雨蘭は殆ど機能していない頭を使って、彼の真意を汲み取ろうとする。

「……ありがとうございます？」

「何故疑問形なんだ」

「明様は私を嫁として迎えたら煩わしい花嫁探しから逃れることができ、一方私は実質使用人として働くことができて、互いに利があるということですよね？」

明からの反応はなく、再び沈黙が訪れる。

「そうだとしたらとてもありがたいのですが、流石に度が過ぎているような……」

彼の口ぶりからすると、雨蘭のことを女としてではなく、人としてそれなりに好んでいるということだろう。それを庶民派の陛下が勘違いし、結婚相手にどうかと言い出した。

女性に興味のない明は、雨蘭を嫁として迎えれば、花嫁探しという煩わしい行事から逃れられると考えたのではないか。

「……」

「違いますか？」

混乱しつつも、雨蘭は正しい解釈をした自信がある。

「もういい。お前がそう捉えたのなら、そういうことにしておく」

明は拗ねたような、怒ったような、棘のある声で言い、建屋の奥へと消えていった。

謁見の間に戻り、これからまた陛下と家族喧嘩をするつもりなのかもしれない。

（……結局、結婚の話は考え直してくれるのかな？）

面倒事から逃れるためとはいえ、明に好ましいと言ってもらえたことは少し嬉しかった。けれど、結婚は皇太子に相応しい身分かつ、本当に好きな相手とするべきだ。

残された雨蘭は、明が正気に戻ることを祈りつつ、未だ収まらない鼓動を鎮めようと深く息を吸い込んだ。

＊

部屋に戻ると、梅花は着飾った美しい姿のまま、椅子に座って本を読んでいた。陛下の帰り支度が整うまで、時間を潰しているのだろう。

「梅花さん……」

「何その顔、気持ち悪い」

感情の大混乱により崩壊した雨蘭の顔面を見て、彼女は即座に冷たく切り捨てる。

「陛下に呼び出されて明様と結婚してほしいと言われたのですが、どう考えてもおかしいですよね？」

ありえないと言ってほしかった。もしくは、貴女は相応しい相手ではないと罵ってほしかった。ところが、梅花は意外にも平然とした顔をしている。

「良かったじゃない。良い暮らしができるわよ」

「うぇぇぇぇ？　皇太子妃の座は私のものよ！　明様は貴女のような下民が関わって良い人ではないの！　と怒ってくれないんですか？」

雨蘭はいつかの梅花を真似て尋ねる。

「私を他の女たちと一緒にしないで頂戴。私が好きなのは梁様であって、皇太子妃になりたいわけではないの」

「そんなぁ……」

ふらふら寝台に倒れ込む。力の抜けた雨蘭を煎餅布団がしっかり受け止めてくれた。

「梅花さんは明様が皇太子だと知って、驚きませんでしたか？」

「勘違いしていたことを知った時には当然驚いたし、落ち込んだわよ」

「そうは見えませんけど」

「少し前から知っていたもの」

「え⁉」

　実は梁が皇太子でないことに、梅花は少し前から気づいていたという。実家に戻った際、父親と会話をする中で知ったらしい。

　以前、梅花がひどく塞ぎ込んでいたのは、嫌がらせを受けたことだけが理由ではなかったのだ。

「気づいていたなら教えてくださいよ〜！」

「言おうとしたけれど、梁様たちに何か事情があるのかもしれないと思って」

（そういえば、床に伏せる梅花さんに杏子をあげた時、何かを言いかけて止めたような……）

　秘密を秘密のままにしておく彼女の気づかいは素晴らしいが、あの時知ることができていれば、少なくとも次期皇帝に毒茶を吐かせる手伝いをさせずに済んだだろう。

「私を嫁にするなんて、陛下は何を考えているんでしょう。国の未来が危ぶまれます」

「……。女としての魅力はさておき、貴女のように強靭な肉体と精神を持った人間の血を混ぜる、というのは案外ありなのかもしれないわね」

　梅花は扇を仰ぎながら言う。

「どういうことですか？」

「ここ数代、皇族には子が生まれにくい上、病弱な子が生まれることが多いの」

生まれ持った要因以外にも、宮廷という特殊な環境で育つことが影響しているのかもしれないが、と梅花は付け加える。

「なるほど。陛下が庶民を嫁に迎えることに抵抗がないのは、そうした理由からかもしれないですね」

萌夏から聞いた話では、陛下の息子、つまりは明の父親と伯父は三人とも亡くなっている。

子を失うという悲しい経験から、学はないが逞しい田舎娘を嫁に迎えるという、とんでもない発想に至ったのかもしれない。

（それならあり得ない話ではないのかな？）

雨蘭は一瞬受け入れそうになるが、自分が皇太子妃になるのはやはり非現実すぎて、普通の使用人として雇ってもらいたいと思うのだった。

二

皇帝陛下の訪問が無事に終わり、廟は安堵の空気に包まれている。

雨蘭たちの生活も、皇帝陛下訪問前の日常へと戻っていった。

ただ一つ、明に避けられていることを除いては。

（陛下訪問の日から話す機会どころか、見かけてすらいない……）

今後、夜食は不要であること。灯りは手配するので自室で勉強すること。そして、北の離れには近づかぬよう、陛下が廟を去ってすぐ、使用人が明の言葉を伝えに来たのだった。

陛下に面会した日のことが原因だと思うのだが、こんなにも避けられる理由が見つからない。そして、梁が毒茶を手配した目的も未だ確かめられずにいる。

問題は山積みの中、もう少しで候補者たちに与えられた三ヶ月が終わる。

最終試験を知らせる紙を受け取った雨蘭は、自身の成長を感じるとともに、結果を出さなければならないと追い詰められていた。

もっとも、明の機嫌を損ねてしまったのであれば、結果を出したところで使用人として雇ってもらえる可能性は皆無に等しいが。

「はぁ……」

雨蘭の気持ちを代弁するように、本日の掃除当番の一人である香蓮が大きな溜め息をついた。

春鈴の方も、覇気のない表情でだらだら同じ場所を乾拭き（からぶき）している。

「春鈴さんと香蓮さん、元気がないですね」

祭壇の手入れをする梅花に話しかけると、彼女は「ああ」と言ってほくそ笑んだ。

「貴女は知らないでしょうけど、皇帝陛下訪問の際に相応の報いを受けたのよ」

「怒られたのですか？」

「茶葉を隠した罰として、毒見役をさせられたの」

梅花の言葉が弾んでいる。彼女はいつになく嬉しそうだ。

春鈴と香蓮の二人は陛下の前で、毒味役に命じられた理由まで丁寧に説明されたのだという。

「それは少し気の毒です」

「おかげですっきりしたわ。こればかりは皇太子に感謝」

やるべきことがいっぱいで心にどんより雲がかかっている雨蘭とは真逆に、彼女はよほど気分が良いのか、鼻歌でも歌い出しそうな雰囲気だった。

(約束したからには、せめて事件の真相だけでも解決しないと。梁様に会って、直接話を聞きたい)

雨蘭はぎゅっと箒を握りしめる。

「梅花さん、梁様の療養場所を知っていますか？」

「……知っているわ」

「本当ですか⁉　どうしても梁様に会いたいのですが、教えてくれませんか」

梅花は鋭い目つきで雨蘭を睨んだ。半ば冗談だと分かってはいても、蛇に睨まれた蛙の心地になる。

「貴女、皇太子に避けられているからって、梁様にまで手を出す気？」

「違います。ここだけの話、明様に頼まれて事件の真相を調べていて、それで……」

本当にこれで良いのかという迷いが雨蘭の頭を遮る。真実を暴いたところで良いことはないのかもしれない。躊躇う気持ちはある。ただ、このまま見て見ぬふりをするのは違う気がする。

「ここそ何かしていると思ったら、そんなことをしていたの」

「実は」

「真相については私も納得してないわ。梁様は気にしなくて良いと言ってくれたけど、浅はかだった自分も、茶葉に毒草を混入した人間のことも本当は赦せない」

釈放された梅花は廟に戻る前、梁と会って話をする機会が得られたのだという。

茶を淹れた自分を責める梅花に、彼は優しい言葉をくれたようだ。廟に戻ってきた梅花が、意外にも元気だったのはそのためだろう。

（梁様が毒草入りの茶葉を手配した張本人だとは言えない……）

もし話をしたら、梁がそのような真似をするはずがないと、彼女は激昂するに違いないからだ。

「勝手に居場所を教えるわけにはいかないから、手紙で承諾を得てからにするわ」

「ありがとうございます！　ところで、梅花さんは梁様のどこが好きなんですか？」

雨蘭は今の梅花なら答えてくれる気がして、気になっていたことを聞いてみることにした。

「存在全てよ」

「好きになったきっかけはありますか？」

「何故貴女に話さなければならないの⁉」

彼女は刺々しい口調で言うが、頬が紅潮しているあたり照れ隠しだろう。可愛い人だ。

「私には恋愛経験がないので、好きという感情がよく分からなくて。参考までに梅花さんのお話を聞きたいです」

素直に理由を述べると梅花は納得したようで、雨蘭を憐れみの目で眺めた。

「私は以前、梁様にお会いしたことがあるの。その時はお名前すら知らなかったけれど、とてもお優しい方だと思って……ここで再会した時には夢かと思ったわ」

嫌がっているようで、案外誰かに話を聞いてもらいたかったのかもしれない。梅花は一度話し始めると、興奮気味に梁との出会いを語ってくれる。

「大抵は出会った瞬間、好き！　と感じるものでしょうか」

「さぁ。時間をかけて、気づいた時には好きになっていることが多いと思うけど」

「そうなのですね」

雨蘭は天を仰いで考えてみる。明のことは好ましく思っている。しかしこれは恋愛感情と呼べるのだろうか。雨蘭は梅花のことも、燕のことも好きだ。

（人として好き、と恋愛の好きは何が違うんだろう。……やっぱりよく分からない）

「ふぅーん」

梅花が薄笑いを浮かべている。

「何ですか」

「何でもないわ。さっさと掃除を終わらせましょ」

春鈴と香蓮は、相変わらず魂の抜けた状態で、仕事が全く進んでいない。

梅花自身は大して掃除をするつもりがないので、結局は雨蘭が一人で頑張ることになるのだった。

＊

雨蘭は閉ざされた門の前で、右往左往していた。

許可を得て梁の療養場所を訪れたのだが、どこからどのように中へ入れば良いのか分からない。

既に豪邸の周りを二、三周したが、他に入り口はなさそうだ。

塀をよじ登って侵入することは雨蘭にとって容易いが、許されないだろう。

困り果て、四周目を終えて戻ってくると、門の前に人影が見える。

「雨蘭さんですか？」

「は、はい！　梁様と面会のお約束があって来ました」

「こちらへどうぞ」

女性にも見える線の細い男が中へ通してくれた。

池の見える上等な部屋で待つように言われ、雨蘭は落ち着かずに立ったり座ったりを繰り返す。

今日もまた、「身だしなみくらい整えなさい」と梅花に化粧を施されたので余計にそわそわしてしまう。

「雨蘭、久しぶりだね」

穏やかな笑みを浮かべた男が部屋に入ってくる。雨蘭は勢いよく立ち上がり、頭を下げた。

「お久しぶりです！」

「わざわざ足を運んでくれてありがとう」

「こちらこそ、お時間をいただきありがとうございます」

梁は雨蘭に座るよう促し、彼も雨蘭の向かいに腰を下ろす。

立ち話をしたことはあるが、こうして改まって話をするのは初めてだ。

相変わらず爽やかな笑顔を見せる男を前に雨蘭の緊張は高まる。

「丁度退屈していたところだ。仕事がないと何をして良いか分からない」

雨蘭は黙って何度も頷く。

（そうですよね、分かります……！）

先程案内してくれた男性が、茶器を持って入ってきた。手際よく茶を淹れ、毒見まで済ませて茶を出してくれる。

毒茶に苦しんだ梁は、茶器を見ることすら不快に思うのではないか。雨蘭は心配するが、彼は顔色一つ変えず茶を口に含んだ。雨蘭もお茶を飲み、緊張が少し和らいだところで尋ねてみる。

「お体はもう大丈夫なのでしょうか？」

「少し麻痺（まひ）したような感覚は残っているけれど、生活に支障はないよ」

「無理しないでくださいね」

梁は微笑み、それから庭先の池に視線を流す。雨蘭もつられて外の情景をぼんやり眺めた。

「明は、上手くやっている？」

「はい。梁様がいなくなってから、とても一生懸命仕事をされていました」

「良かった。やる気になったみたいだね」

その言葉を聞いて、やる気を出させたら使用人として雇うという約束をしていたことを思い出した。しかしながら今はその話をする雰囲気ではない。

「明様はそれほど仕事を拒む方だったのですか？」

「いや、頼めば最低限はしていたよ。身が入らなかったのは、恐らく僕のせいだろう」

どこからか重苦しい空気が漂ってくる。

いつもの雨蘭なら明るい話題を探して話を変えただろうが、幼馴染二人の関係性は個人的にも、事件解決の糸口としても気になるところである。

「梁様のせいとは、どのような意味でしょう」

「自分で言うのも恥ずかしいのだけれど、僕は昔から勉学や仕事に打ち込むことが好きで、それなりに成果を出してきたと思う」

雨蘭が「それは素晴らしいことですね」と相槌を打つと、梁の顔色が曇った。

「明はきっと、僕の存在が疎ましかったと思う。ずっと比較されてきたから」

なるほど、そういうことか。ここまで聞けば話の終着地点が見えてくる。

拾い子である梁の方が優秀で、明は肩身の狭い思いをし、やる気を失ったと言いたいのだろう。

（でも、梁様と明様は互いが互いに遠慮しているというか、すれ違っているというか、

そんな感じがする）

二人とも同じように陰のある表情で、「疎まれているかもしれない」と言うのだ。

雨蘭は客観的に見ていて、二人はただ腹を割って話せていないだけのように思った。

「お二人のことをよく知らない私に口を挟む資格はないかもしれませんが、明様は梁様のことを尊敬し、感謝していると思います」

梁は困ったような顔をする。雨蘭の言葉は慰めにすぎないと思っているのだろう。

「いっそのこと、僕が皇太子の立場を代わって、明を自由にさせてあげられたら良いんだけれど、それもできないからね」

ますます暗い表情で梁は呟く。

その後も言葉を交わしていくうちに、この人は優しすぎるのだと雨蘭は思った。きっと、他人を傷つけるくらいなら、自分が傷を負うことを選ぶ種の人間だ。

陛下に才を見込まれ宮廷に連れてこられた後、血の繋がった家族のいない環境で彼はどれほど大変な思いをしてきたのだろうか。

たくさんの苦労と葛藤があったに違いないが、梁は自分のことを一切口にしない。

自分は既に十分恵まれていると考えているか、自分は幸せになるべき人間ではないと感じているか。

どちらかだとしたら、梁の場合、後者に当てはまる気がする。

「さて、そろそろ本題に入ろうか。静からも文をもらってね。君が事件の真相を調べていることは知っているよ」

色素の薄い目は、いつもの通り優しく微笑んでいる。しかし瞳の奥は凪いでいて、事件への追及に対し、梁は腹を括っているように見えた。

「梁様が黄藤草を混ぜた毒茶を静さんに頼んだ、というのは事実ですよね？」

「そうだね」

雨蘭は大きく深呼吸し、そうであってほしいと願いながら言葉を紡いだ。

「目的は誰かに飲ませるためではなく、自分で飲むためだった。違いますか？」

＊

「図々しく呼び出すとは。お前は俺を誰だと思っている？　まぁ、お前の頼みだから来てやるが」

講堂にやって来た明は、開口一番にそう言った。しかし、その言葉とは裏腹に表情は穏やかで、どこか嬉しそうな雰囲気を感じるのは気のせいだろうか。

「明様が私を避けているのは分かっているのですが、どうしても直接お話したいことがありまして……」

雨蘭とて次期皇帝を呼び出すのはどうかと思ったが、今日だけは勘弁してほしい。

「ああ、別にお前を嫌って避けているわけではない。立場を知られた以上、当面は個人的な接触を避けた方が良いと思っただけだ」

「それは、本当ですか？」

「誤解をさせたか」

「しますよ！　嫌われちゃったのかと思いました。良かった～」

ほっとして体から力が抜ける。久しぶりの対面に実は随分緊張していたと、雨蘭は今更気がついた。

そして、嫌われていなかったと知り、安堵する自分がいることにも少し驚く。

「今日はどうした。お前が廟内でめかしこむとは珍しい」

明は愛おしいものでも見ているかのように目を細め、柔らかな声音で雨蘭に問う。何故か明が妙に甘い。

まるで会いたかったと言わんばかりの雰囲気を纏う彼に、雨蘭の心臓はどくりと跳ねた。最近こうなることが多い気がする。

（この歳で心の臓を悪くしたかな。よく田舎のお年寄りが動くと胸が苦しくなるって言ってたけど、こんな感じ？）

雨蘭は様子のおかしい胸部に手を当て、ぎゅっと衣を掴みながら答える。

「明様に会うと思ったので梅花さんに化粧を頼みました。服も今日は桃色の方を着てみたのですが、どうでしょう」

皇太子と会うのにいつもの農民服ではまずいだろうと、流石の雨蘭もきちんと身なりを整えたのだった。

「悪くない」

明は雨蘭の毛束を手にとると、満足げな表情でさらりと撫でていく。

（みみみ、明様!? 今日は一体どうしたんだろう）

体温が急激に上昇していくのを感じる。明に触れられるとどうして動悸が収まらなくなるのだろう。以前、梁が髪に触れた時はこうはならなかった。

雨蘭はまともに明の顔を見ることができず、視線を泳がせる。どう反応すれば良いのか困惑しているところに、さっと外の光が差し込んだ。

「ごめんね。邪魔をしたかな？」

「梁様！ わざわざお越しくださりありがとうございます」

開かれた扉から梁が入ってくるのを見て、雨蘭は二人きりの緊張から解放される。

明は突然現れた幼馴染と雨蘭の顔を見比べた。

「何故梁がここに？ お前が呼んだのか」

「はい。そういえば、梁様が同席することは伝えていませんでしたね」

「例の件と伝えられたから俺はてっきり答えを……」

明の表情が強張る。雨蘭にとって例の件といえば毒茶事件だが、彼は何やら思い違いをしていたようだ。

（えっと……明様は結婚への答えがもらえると思ってたってこと？）

そうだとしたら、先ほどのあの雰囲気にも納得がいく。しかし、まさかそんなことはないだろうと雨蘭は一度浮かんだ考えを打ち消した。

（だって、それじゃまるで明様が私のことを――）

混乱する雨蘭の前で、明は大きな溜め息をついた。彼は眉間の皺を指で揉みながら梁の方に顔を向ける。

「梁、体はもう良いのか」

「ああ。もう心配ないよ。明も元気そうだね。髪、切ったんだ」

幼馴染は短い言葉を交わし、それから気まずい沈黙が訪れた。

明が何を思ってここへ来たのかは気になるが、今確かめるべきことは他にある。雨蘭は明と梁の顔色を窺いながら、本題に入るべく口火を切った。

「あの、事件についてですが……」

「僕から話すよ。そうすべきだろう」

梁はそう言って力無く笑う。

彼は雨蘭たちの前を通り過ぎ、一段高くなっている部屋の前方に立つと、玉座に手を掛けてこちらを振り返る。そして、躊躇うことなく言った。

「毒茶事件の犯人は僕だ」

いつもは冷静な明も流石に驚いたのだろう。口がうっすら開いており、今にも「は？」という声が聞こえてきそうだ。

「あの場で飲むことになってしまったのは完全に事故なんだけれど、茶葉に黄藤草を混入して廟に送るよう頼んだのは紛れもなく僕だ」

雨蘭は固唾を呑んだ。

「お前がそのようなことをするとは信じ難いが、本当なのだとしたら何故毒茶を作らせた」

「皆、僕のことを善良な人間だと思っているみたいだけれど、本当はそうでもないよ」

「誰かに飲ませようとしていたのか」

「そう」

明は誰に飲ませようとしていたのかは問わなかった。代わりに自嘲気味に笑い、近くにあった椅子に座る。

「俺に、か」

項垂れるようにして吐いた明の言葉に、梁は何も返さない。

(どうして梁様は何も言わないの⁉ このままだと明様を毒殺しようとしていたことになっちゃう)

雨蘭は予期せぬ展開に焦りを覚える。

療養所を訪れた時、雨蘭の仮説に対し梁は否定も肯定もしなかった。明も呼んで真実を話したいとのことだったので、この場を設けたのだ。

「陛下には事件が起きてすぐ、真相を伝えた。何のお咎めもなかったが、本来であれば僕は重罪人だ。このまま置いておくわけにはいかないだろう」

「……」

「出ていくよ、宮廷には戻らない。もし望むなら処刑してくれても構わない」

梁は俯く明の横を通り過ぎ、外へ出て行こうとする。

「待ってください！」

雨蘭は立ち去ろうとする背中に向かって叫んだ。

「梁様は明様のことを疎んでなどいませんよね？ 明様だって梁様のことを疎ましく思ったりしていない、違いますか？」

返事はない。雨蘭は畳みかけるように訴える。

「どうして本当のことを言わないんですか！ 自分で飲むためだったって。毒茶は一杯では死なない程度に調合されていたと聞きました。嫌いな相手に飲ませるにしては中途半端ではないですか？　相手は助かり、自分は犯人として捕まる可能性が高いのに」

筋が通っているかは最早分からない。雨蘭は梁を引き留め、明と腹を割って話してほしかった。

その結果、決別するというのなら仕方ないと思う。

（でも、きっと違う。梁様はむしろ——）

「苦しませることが目的だったから、死なせる必要はなかったんだ」

梁は笑顔を絶やさない。違和感すら覚えるほど完璧に笑って言い放った。

それを見て、明はピクリと反応する。

「……梁、勝手に出ていくな。出ていくのだとしたら本当のことを話してからにしろ」

「話した通りだ」

「お前は、いつまで経っても嘘をつくのが下手だな。その薄っぺらい笑顔を見れば分かる」

明は雨蘭に視線を送り、訴えかける。

「二人きりにさせてくれ。事の顛末（てんまつ）は後で伝える」

「勿論です」

雨蘭は梁と入れ違うようにして講堂を出た。すれ違い際、梁は小さな声で呟く。

「雨蘭、君の推測は大方正しかったよ。僕は消えたいと思っていた」

＊＊

「座れよ」

明は幽霊のように佇む幼馴染に訴える。彼は静かに、入り口から一番近い椅子に腰を下ろした。

「じじいから事件の真相を調べるよう持ちかけられた時から、おかしいとは思ってたんだ」

梁は自身が毒茶を作らせた張本人であると皇帝に自白していたという。

ただの徘徊老人のようで、未だ頭の切れる人だ。梁の真意と、二人の仲の拗れを見抜いたうえで、明に真相解明を持ちかけたに違いない。

「まったく、とんでもないことをしてくれたな。おかげでこのひと月働き詰めだ」

「明の努力なら分かっているよ。ここへ来る前、宮廷の官舎に顔を出してきた。滞りなく仕事が回っていて驚いたよ。鏡華国とのやりとりも、つつがなく行われていた」

梁はそう言うが、至急を要する仕事を優先して片付けていっただけだ。彼の請け負っていた仕事があまりに多すぎて、全てを処理することは不可能だった。

「そうやって俺を持ち上げようとするのは止めろ。持ち上げられたところで、俺が仕事嫌いなのは変わらないからな」

明は梁の抜けた穴を埋めなければならなくなり、幼馴染の有能さを改めて感じるとともに、責務の殆どを彼に背負わせていたことを自戒した。

次期皇帝としての務めを果たすどころか、人として生きていくうえでの最低限の努力さえしていなかった男だ。毒を飲ませたくなる気持ちも分からなくはない。

梁がついに明に呆れ、去るというのならそれも仕方ないことだと思う。

「……君は、僕の存在を疎ましく思っているだろう？」

「俺も、全く同じことをお前に問いたい」

二人は長い机の端と端で向き合った。

梁は幼い頃から拾い子であるという立場を弁え、自制する人間だった。明もまた、人と真っすぐ向き合うことを知らない捻くれた人間だ。

お互い軽口を叩くことはあっても、こうして腹を割って話そうと向き合ったのはこれが初めてかもしれない。

「俺はお前の存在を邪魔だと感じたことはない。むしろ、いてもらわないと困る」

「僕も、明のことを疎ましいと感じたことは一度もないよ。もう少し、自分の立場を自覚してほしいとは思っていたけれど」

「それなら何故、毒茶を調合させた」

　自然と同じ質問が繰り返される。

　梁は悪者ぶっていたが、彼が人に危害を加えるような性格をしていないことは、幼馴染である明が一番知っている。虫ですら殺すことのできない男が、大した恨みもなく、どうして人に毒を飲ますことができるのか。

　他人に手を出すくらいなら、そうなる前に自分を消そうとする。それが梁だ。

「雨蘭はかなり聡い子だね。直観的なのだろうけど、僕のことをよく見抜いていた」

「死ぬつもりだったのか」

　しばらく間を置いて、梁は口を開く。

「ぎりぎり死なないところで留めるつもりだったけど、死んでも仕方ないとは思ってた」

「理由は」

「僕の存在は君のためにはならない」

　幼馴染は不思議な色の目を細め、寂しそうに笑う。

　貼り付けた笑顔ではなく、悲哀に満ちた本音だ。少なくとも明はそう感じた。きっと、梁は明のことを本当に大切に想ってくれている。だからこそ思い詰め、馬鹿な真似を起こしたのだ。

（結局、全て俺の不甲斐なさが原因じゃないか）

自責の念が胸中に渦巻く。

「俺にはお前が必要だ」

「その言葉は雨蘭に言ってあげてほしいかな」

「こういう時に茶化すな」

明は椅子から立ち上がり、梁のもとへと歩く。

確かに雨蘭は大切だ。それと同じくらい梁のことも大切で、代わりなどいるわけがない。仕事の面だけでなく、明にとって家族と呼べる数少ない存在なのだから——。

「今回の責任は全て俺にある。今後はお前が思い詰めることのないよう改める。だから、どうか残ってくれないか。お前のいない未来は考えられない」

明は幼馴染に向かって手を差し出す。一瞬の逡巡の後、彼はその手をとり立ち上がった。

「本当に、変わったね」

「そうかもしれない」

変わったのだとしたら、大切な人のおかげだろう。

今なら、「大切な人たちのためであり、自分のためでもある」という雨蘭の言葉が理解できる気がした。

三

「梅花さん！ 梁様からお手紙が！ にょろにょろ字を読んでください！」

「梁様から⁉」

梅花は雨蘭の手から文を奪い取る。彼女の視線は上から下、右から左へと忙しなく動いた。

あの後、明から話を聞いた雨蘭は許可を取り、梅花には講堂に明と梁を呼び出したこと、そして毒茶事件の真相を伝えてある。流石の彼女も「抜け駆けして梁様に会うなんて！」とは怒らなかった。

「何と書いてありますか？」

「謝罪と御礼とそれから今後について書かれているわ」

雨蘭が詳しく知りたいと強請ると、梅花は渋々手紙を読み上げてくれる。

『雨蘭様 黄藤草混入による騒動は、全て僕が招いたことです。自ら毒茶を飲むことになったのは不幸中の幸いでした』

その後も延々と過ちを悔やみ、大勢の人に迷惑をかけたことを詫びる文章が続いた。

辞職に追い込まれた使用人の生活を保障することまで言及されている。

長い長い反省文が終わってようやく、明と話す場を設けてくれたことへの感謝が綴られていた。

明からは話し合いの顚末を聞かされていたが、彼の性格上、淡々と事実が伝えられるのみだった。梁はそれを見透かしたように、生い立ちや、毒茶を作らせるに至るまでの葛藤を記してくれている。

「梅花さん、大丈夫ですか？」

雨蘭は手紙を読み上げる梅花の表情が硬いことに気づき、声をかける。

好意を寄せている人物が罪を独白する文章というのは、読んで気持ちの良いものではないだろう。

「問題ないわ。ただ、私まで心が苦しい」

彼女の声は暗く、力の入れすぎか手にした文にはぐしゃりと皺が寄っている。

（梅花さんは本当に梁様のことが好きなんだなぁ）

事件の真相を知ってからというもの、梅花の想いは一層強くなったようだ。

梁が廟を去り、皇太子が明であると判明した時点で好意の対象が移った他の候補者たちとは大違いである。

「辛かったら無理しないでください」

「平気よ。もう少しで終わる」

梅花は再び手紙を読み上げる。

『責任をとり、今の立場を捨てることを考えていましたが、罪を償うつもりなら逃げるなというのが明の強い意志でした。今後は彼を支えるに相応しい人間を目指す所存です』

（もう十分すぎるくらい支えてると思うけど、梁様の中では満足のいく水準ではないのかも）

雨蘭は周囲に「前向きすぎる」と言われる自身の思考回路を、彼に分けてあげたいと思う。

『最終試験が上手くいくことを祈ります。君なら大丈夫』

梅花の朗読が終わった。

彼女は手紙を折りたたみ、雨蘭に返してくれる。

「大体は明様から聞いていた通りですね」

「私、彼が笑顔の下で思い詰めていたなんて知らなかった」

「誰も知らなかったことです。その人の気持ちはその人にしか分かりません」

結局のところ、梁は明のことを気にかけるあまり、毒茶に手を出したということになる。

雨蘭としては他に手段があったのではないかと思うのだが、やはり頭の良い人たちの考えることは複雑らしい。もしくは、正常な判断ができないほど、思い詰めていたのかもしれない。

他人であるうえ、ただの農民である雨蘭は、想像を働かすことはできても、全てを理解することはできない。梁とて、望んでいないだろう。

当事者たちの間で折り合いがついたのであれば、それで良いと思う。

「そういえば貴女、試験の準備は大丈夫なの？」

「ふへへへへ」

「何よ、気持ち悪いわね」

梅花の問いに、雨蘭の顔面は崩壊した。

今一番向き合わなければならないのは、事件の顛末でなく、明日に控える最終試験だ。

「できることはしました。我ながら頑張ったと思います。ですが、ちっともどうにかなる気がしません」

「皇太子に頼んだら？　試験内容を教えてもらえるかもしれないわよ」

「実力で結果を出さなければ意味がないです」

意固地になる雨蘭に梅花は溜め息をつく。

「算術は何とかなるのね？」

「はい、難しいものでなければ」

数字と簡単な言葉の読み書きができるようになった今、単純な計算問題には答えられるだろう。

「前回の傾向からして、国の歴史や振る舞いに関する一般教養や、廟で教えられたこと等が多く出題されるでしょうから、そこを徹底的に詰め込むわよ」

「……教えてくれるんですか？」

意外過ぎる申し出に雨蘭が驚いていると、梅花はにやりと笑った。

「貴女のためではないわ。私にも色々考えがあるの」

＊

梅花の特別授業は非常に厳しかった。控え目に言って、料理長よりも恐ろしかった。

（結果が出なかったら梅花さんにボコボコにされるかもしれない……）

彼女は何としても雨蘭に良い結果を出させたいらしく、雨蘭の脳が限界を迎えて尚、知識を詰め込まれ続けた。

扇子を掌にぱしぱし打ち付けながら、鬼の形相で監視する梅花を思い出し、雨蘭は恐怖に震え上がる。

深夜過ぎに勉強会は解散となったが、雨蘭は夢の中でも勉強に追われ、うなされて飛び起きることになった。

「貴女、まさかその姿で行くつもり？」

朝、いつもの農民服姿で髪を梳いていると、梅花の鋭い一言が飛んでくる。

彼女は今日もまた鮮やかな紅の衣を纏い、美しい顔が一層際立つ化粧をしている。

「駄目でしょうか……」

「対面問答もあるのだから、きちんとして行きなさい」

（そうか。明様に会うかもしれないんだ）

身なりを整えて行くべきだろうと、雨蘭は紫の衣に着替え、未だ慣れない化粧は梅花にお願いする。そういえば、これらの贈り主は謎のままだ。

「まぁ、こんなものかしらね」

「梅花さんは天才ですね」

手鏡に映る自分の顔を見て、雨蘭は感嘆の息を漏らす。

肌が綺麗に見え、目がぱっちりして可愛らしい。髪も雨蘭が雑に結い上げるのとは異なり、半分だけふわりと結われている。まるで別人になったようだ。

「貴女は顔が薄いから、化粧映えするのよ」

「自分でないようで落ち着かないです。どこもおかしくないですよね？」

雨蘭が尋ねると、彼女は歪んだ襟を直してくれる。

「堂々としていなさい。他の候補者たちの驚く顔が楽しみね」

雨蘭は試験机の前に正座をする。硯と筆を置き、墨を擦れば準備万端だ。

柄にもなく緊張していた雨蘭だが、前回からの成長を感じられて思わず顔が緩んでしまう。

「もしかしてあれって田舎娘？」

「嘘……。化粧で化けたわね」

試験会場に集まった候補者たちは、正装をして化粧をした雨蘭を目の当たりにし、口元を袖で押さえながらひそひそ話し合っていた。

「ふん、化粧で少しましになっただけで、田舎臭さは抜けてないわよ」

「本当にねぇ。皇太子に雑用を頼まれたくらいで、調子に乗りすぎだっての」

「筆と硯を用意したところでどうせ恥をかくだけなのに」

相変わらず香蓮と春鈴だけは雨蘭に聞こえるよう、わざと大きな声で会話をしている。

これから始まる試験のことでいっぱいいっぱいな雨蘭は、彼女らの嫌味を全く気にしていなかったが、ついには試験官が二人を窘めた。

雨蘭の斜め前に座る梅花が、にやりと口元を吊り上げている。どうやら彼女が告げ口をしたらしい。

そうして、何とも言えない空気の中、試験が始まった。終わり次第、間違いなく春鈴と香蓮に呼び出されるだろうが、魂の抜けた状態から嫌がらせをする気力が戻ったのなら何よりだ。

「そこまで。雨蘭以外は退出し、前回同様呼び出しがあるまで自室で待機すること」

試験官の合図とともに雨蘭は筆を置く。

居眠りをしていた時のように、一瞬で試験時間が過ぎ去ったように感じられた。

最後の問題まで到達できず、また、解答できない問いもあったが、まずまずの出来ではないかと思う。

他の候補者と比べたら圧倒的に劣るだろうが、『使用人に求められる最低限の読み書き』という水準で大目に見てもらいたい。

「雨蘭、雨蘭……欠席だったかな」

試験官と一度目が合ったものの、素通りされてしまった。

雨蘭以外の候補者たちは次々退出していく。勝手に不在と見なされそうで、雨蘭は慌てて手を挙げた。

「ここにいます！」

「君が、雨蘭？」

「はい、そうです」

「前回筆を持たずに試験を受けた？」

「はい」

試験官の男は頭のてっぺんから爪先まで、不思議そうに雨蘭を見る。

「そうか、君があの子なのか。あまりに美しくなったから気づかなかった。今日も対面問答は君からだ。楊美について向かってくれ」

前回筆を持たずに試験を受けた田舎娘と同一人物だということに、どうやら試験官は気づいていなかったらしい。

（美しい？　私が？）

生まれて初めて言われた言葉だ。

嬉しくてふわふわした心地から、ふっと意識が戻ると、雨蘭はいつの間にか部屋の扉を叩いていた。

「入れ」

「失礼します」

部屋には明が一人で座っていた。緊張が雨蘭を襲うよりも先に、彼は口を開く。

「聞きたいことは一つだけだ。俺と宮廷に来る気はあるか？」

薄墨色の鋭い目が、雨蘭を真っ直ぐ見つめている。

「私が何より気掛かりなのは田舎の家族のことです。十分なお給金がもらえるのであれば、明様のもとで働かせてください。掃除、洗濯、肩揉み、何でもします」

事件の真相を解明したら職を与えてくれるという約束を、どうやら明は覚えていてくれたらしい。明は雨蘭の答えに頷くと、にやりと笑う。

「分かった。家族の生活は保証しよう。その代わり、どんな仕事でも文句を言うなよ」

「はい！　ありがとうございます」

雨蘭は笑顔で首を縦に振った。

＊

試験から数日後、候補者たちは講堂に集められた。

目的は聞かされていないが、最終結果の発表だろうと誰もが察し、緊張感が漂っている。

(選ばれないって分かっていると気楽だな～)

使用人として特別に雇ってもらえることになったとしても、正式に雨蘭の名前が呼ばれることはないだろう。

ピリピリとした空気を肌で感じながら、雨蘭は呑気に誰が選ばれるのかを考えていた。

やはり大本命は梅花だ。明も一目置いていたようだし、実際の皇帝陛下訪問時にもしっかり務めを果たしたと聞いている。

ただ、梅花の想い人は梁なので、彼女自ら辞退した可能性もある。

あまり目立たないが、器量の良い女性が選ばれるかもしれない。もしくは、誰も選ばれないまま終わることもあり得るだろう。

扉が開き、官服姿の男が入ってくると候補者たちはざわついた。明だけでなく、梁の姿があったからだ。

「梁様、お身体はもう良いのかしら」

「お元気そうね」

雨蘭も明るく笑う梁を見てほっとする。

毒茶事件の前よりも心なしか、彼の纏う輝きが増したような気がする。

「皆さんには心配を掛けましたが、この通り仕事に復帰できるまで回復しました。今日はその報告と——」

梁は静かに佇む幼馴染に視線を移した。

話を振られた明は咳払いをしてから、いつも通り淡々と述べる。

「ここに残ってもらう者を伝える。名前を呼ばれた者以外は大人しく荷をまとめ、即刻出ていくこと」

「数日であれば滞在してくれて構わないし、家まではきちんと送り届けるので心配しないで」

厳しい明の言葉に、梁が眉尻を下げながら助け舟を出す。いつもの二人だ。その姿を見て、二人が仲直りできて良かったと雨蘭は微笑んだ。

いよいよ三ヶ月に渡る花嫁探しの結果が言い渡される。候補者たちは息を止め、明の口が動くのを待った。

「該当者は二人。雨蘭と黄梅花、以上」

しん、と一瞬の静寂が流れる。

誰の名が呼ばれたかを候補者たちが理解し始めると、驚きと苛立ちの混ざった言葉がどっと溢れ出した。

「嘘でしょ」

「どういうこと？」

「梅花さんは分かるけど、雨蘭ってあの田舎娘？」

「まさか」

「そうよ、他にいないもの」

次々耳に飛び込んでくる候補者たちの言葉と、雨蘭の心情は全く同じだ。

（何で、何で、何で⁉）

無関係を決め込んでいた雨蘭は、心のうちで絶叫する。

「私は使用人としての採用ですよね⁉」

耐えきれず、雨蘭は発言の許可を取ることを忘れて尋ねた。

一同の視線が雨蘭に集まり、そして今度は前に立つ男二人に視線が集中する。

「準備が整い次第、雨蘭には後宮入りをしてもらう予定です。彼女一人では心もとないので、指導役として梅花についてもらいます」

梁は殺伐とした空気をものともせず、子どもを諭すような柔らかい口調で説明した。

（えええ⁉　後宮って皇妃様が住むところでは⁉　結婚の話って続いてたの⁉）

雨蘭は口をあんぐり開けて固まる。

対面問答の場で「宮廷に来る気はあるか」と聞かれたが、あれは嫁になる気はあるかという意味だったのだろうか。

もしはっきりそう言ってくれていれば、不相応を理由に丁重にお断りしていたのに。

「はぁぁ？　あり得ない、あり得ない、あり得ない！」

「能力確認試験に白紙を提出するような女が、皇太子の嫁になんてなれるわけがないわ！」

雨蘭が動くより先に春鈴と香蓮が怒りを爆発させた。雨蘭も負けじと彼女らに続く。

「春鈴さんと香蓮さんの言う通りです！　考え直してください！」

選ばれた本人が何故抗議するのだ、とでも言いたげに明が溜め息をつく。

「俺は考えを改めるつもりはない。諦めろ」

「そんなぁ……」

雨蘭は助けを求めて梁を見るが、彼は何を勘違いしたのか、にこりと笑って雨蘭を持ち上げる。

「試験のことについて触れておくと、彼女の最終試験結果は及第点だった。読み書きができない状態から、どれ程の努力をしたのだろうかと感動したよ」

(駄目だ、梁様は完全に明様の味方だ……！)

「ですが、彼女は貧しい農民の出ですよ⁉ 許されるのでしょうか？ 作法もなっていませんし、とても後宮でやっていけるとは思えません」

香蓮が色白の肌を真っ赤に染めて食い下がる。

「何があってもへこたれない逞しさ。嫌がらせをしていた張本人なら、この女なら後宮でもやっていけるとよく分かっているだろう」

「……っ！」

「出自は大した問題ではないんだ。陛下も了承していることだよ。作法についてはこれから梅花についてもらって、みっちり勉強してもらうから心配しなくて大丈夫」

「――っ！ もうこんなところに居たくない！ 実家に帰らせていただきます！」

明と梁、二人ともが雨蘭を擁護するので、香蓮は悔しさと羞恥で泣きながら講堂を出て行ってしまった。

相方を失った春鈴は自席で小さくなり、存在感を消している。

もうこれ以上何を言っても駄目そうだと悟った雨蘭は、梁の発言を反芻した。

(作法について、梅花さんにみっちり指導される……？)

最終試験前の特別指導を思い出しただけで背筋が凍る。雨蘭はぎくしゃくしながら梅花の方を向き、彼女の意向を尋ねた。

「指導役って、梅花さんはそれで良いのですか？」

「ええ。合意の上よ」

動揺する候補者たちの中で、梅花一人だけが涼しい顔で座っている。

彼女は前もって話を聞かされていたようだ。というより、明か梁のどちらかと報酬つきの密約を結んでいるとしか思えない。

試験前夜に彼女が言っていた「考え」とはそのことだろう。

「ざまぁみろって話よね」

梅花は項垂れる春鈴を見てそう呟くと、「あらいけない、本音が漏れてしまった」とこれ以上なく美しい所作で口もとを扇で覆うのだった。

＊

「残りの荷物はこれだけですか？　まとめて運んでしまいますね」

雨蘭は隣部屋に残された手荷物を一度に持ち上げる。

明の言葉を真に受けてか、多くの候補者たちが発表から戻ってすぐ、廟から引き上げる準備を始めた。

大してやることのない雨蘭は、忙しそうにする元候補者や使用人の手伝いをしているというわけである。

「貴女は一体何をしているの。そんなこと、ここの使用人に任せておけば良いじゃない」

部屋から顔を出した梅花は顔を顰めてそう言うが、雨蘭にとっては使用人の真似事をしている方が自然で、何より気持ちが楽だった。

「私は女のわりに力がありますし、皆さんにはお世話になったので手伝おうと思いまして」

「お世話になったって……嫌がらせを受けただけでしょう」

「この方たちはお掃除上手でしたよ。ね」

そんなことより作法の勉強をしろと言われるのが怖い雨蘭は、荷物の持ち主に笑顔で迫った。

かつて陰で雨蘭の悪口を言っていたこともある隣室の二人は、顔を見合わせ、それから呆れたように笑う。

「今までごめんなさい。貴女ほどの逞しさなら、どこにいてもやっていけるでしょ」

「私たちには無理な話だったわね。またどこかで会ったら、今度は仲良くしたいものだわ」

どうやら最後の最後に認めてもらえたらしい。

好意を示してもらえるのはありがたいことだが、後宮入りをするという話はまだ雨蘭自身が受け入れられていないので、へらへら笑って話を流した。

「ちょっと！　ぼーっとしてないで、さっさとこっちの荷物も運びなさいよ」

「はい！　少々お待ちください！」

向かいの部屋から、香蓮の金切り声が聞こえてくる。梅花から「勉強」の言葉が出る前に、雨蘭は荷物を運び出した。

隣室の二人のように雨蘭が選ばれたことを好意的に受け止めてくれる者もいれば、最後まで頑(かたく)なに拒絶をする者もいる。

春鈴と香蓮は後者だった。

二人は二人で自分が選ばれるために一生懸命三ヶ月を過ごしてきたのだから、少しばかり攻撃的になるのは仕方のないことだろう。

「ふんっ、せいぜい後宮で恥をかくと良いわ」

香蓮は鼻を鳴らして天蓋付きの馬車に乗り込む。

「頑張ります。発表時には恐れず、声を上げてくださってありがとうございました！」

雨蘭は馬車に向かって頭を下げた。

「げぇ、相変わらずの脳内お花畑。ここまで来ると最早立派な嫌味ね。もう顔も見たくなぁい」

遅れて荷積みを終えた春鈴はそう言い捨て、雨蘭の前を通り過ぎようとする。

「あっ！」

春鈴の足が地面を歩く小さな瓢虫（てんとうむし）を踏みそうだと気づいた雨蘭は、咄嗟に彼女を突き飛ばしていた。

「ぎゃっ‼」

（やってしまったー‼）

力を入れたつもりはなかったが、不意を突かれた春鈴は地面に倒れ込んでいる。

「春鈴さん、すみません！　大丈夫ですか？」

純粋に心配して尋ねた雨蘭だったが、彼女は何故か目に涙を浮かべ、怯えていた。

「な、何よ、強力な後ろ盾ができたからって復讐するつもり？」

（復讐？　何のことだろう？）

思い当たる節のない雨蘭は虫を守るために起きた事故だと答え、何かお詫びになるものはないかと考える。

「あ！　昨晩作っておいたもち米の笹巻があるんですけど、帰り道にどうですか？」

「食べるわけないでしょ！　近寄らないで！」

　春鈴は足をもつれさせながら、慌てて馬車に乗り込んでいった。

「これでもうお会いすることもないでしょうし、良かったですね。お元気で！」

　雨蘭は手を振って二人を見送る。何気なく述べた別れの言葉だったが、彼女らの気に触ったようで、「いつか痛い目見せてやる！」と叫び声が聞こえてくる。

　嫌がらせへのお返しだと言って見送りに出ていた梅花は、去っていく二人に向かって「負け犬の遠吠えね」と余裕たっぷりに笑っていた。

　馬車が見えなくなってようやく、春鈴には雨蘭が『まんまと成り上がり仕返しをしようとする、恐ろしく性格の悪い人間』に見えていたということに気づいたのだった。

（さて……、一通りお手伝いも済んだことだし、私は自分のことをどうにかしないと）

　他の候補者たちには『皇太子に見初められ、一介の農民から華々しい転身を遂げることになる幸運娘』に映ったことだろうが、雨蘭はあまり喜ばしく思っていない。

明のことは嫌いではないが、やはり身の丈に合わない話だと思うのだ。

皇太子に嫁ぎます、という話を故郷の家族が聞いたら、泡を吹いて倒れてしまうかもしれない。

雨蘭は明に直談判をしようと、久しぶりに北の離れに向かう。彼はまだあの建屋で暮らしているはずだ。

「雨蘭様、丁度良いところに」

少し歩いたところで、楊美に呼び止められた。彼女は雨蘭のもとまで小走りにやってくる。

「楊美様？　私に何かご用でしょうか？」

「明様からの言伝で、応接間に来るようにと。ご案内します」

明に会えるのなら丁度良いかと、雨蘭は楊美の後を追う。陛下と面会をした建屋の中に応接間もあるらしい。

「こちらです。では、私はお茶を用意して参ります」

「ありがとうございます。お忙しいところ、すみません」

雨蘭は慌ただしく出ていく楊美に礼を言い、案内された部屋の扉を開ける。

明の顔を見たら、まず第一に候補者たちを震撼させた結果発表について、文句を言おうと思っていた。

「「お姉ちゃん、おめでとう！」」

雨蘭が部屋に足を踏み入れるよりも先に、二人の子どもが突進してくる。

「へっ⁉　お前たちがどうしてここに？」

懐かしい声と顔。故郷の幼い弟妹ではないか。

雨蘭が驚いて二人を受け止めると、部屋奥の立派な椅子に座った男は淡々と告げる。

「俺が呼んだ」

「明様が⁉　お母さん⁉　兄さんまで！」

彼と向き合うようにして、目の見えない母と、病に伏せていたはずの兄まで座っているではないか。

「久しぶりね、雨蘭。元気な声が聞けてほっとしたわ」

「私はいつも通り元気よ、お母さん。それより兄さん、身体はもう良いの？」

「ああ、もうすっかり良くなった。少し前にこの方が優秀な医者を手配してくれたんだ」

兄は明に向かって軽く頭を下げる。

痩せ細り、骨と皮ばかりだった兄は血の気を取り戻し、畑仕事をしていた頃のような体つきにまで回復していた。

（明様が？　元気な兄さんに会えたことは嬉しいけど、何故ここに呼んだの？）

「お姉ちゃん結婚するんでしょー」

「村じゃもらい手ないって言われてたから良かったねー」

雨蘭の疑問に、弟妹がませた口調で答えてくれる。

「なっ……」

「そういうことだ。ご家族には一度、挨拶をしておくべきだろう」

勝ち誇った顔をする明を見て、雨蘭は確信した。

（家族を呼んだのって、嫁入りを伝えるため⁉）

やられた。雨蘭はまだ納得していないというのに、抗議をする隙も与えず外堀を埋めようとするなんて。

「すごいじゃない、雨蘭。お母さん、嬉しくて泣いてしまったわ」

「まさかこんな田舎の猪娘でも貰ってくれる、優しいお方がいるとはなぁ」

感極まって涙ぐむ母親と、その背を嬉しそうに叩く兄を見ていると、雨蘭は結婚しないとは言い出せなくなってしまう。

「お母さん、兄さん……この人がどなたか知ってますか？」

「領主さんなのでしょう？　良かったわね、毎日美味しいご飯が食べれるわよ」

母は全く分かっていなさそうだ。明は領主ではなく、国の主となる男である。

「お前が嫁ぐことを条件に村に援助をしてくれるらしいから、捨てられないよう頑張れよ」

兄も状況をいまいち理解していないらしい。

深いことを考えず、妹が金持ちに見初められたおかげで、自分たちの暮らしも楽になると喜んでいるのだろう。

（駄目だ……この人たち、ことの重大さを理解していない……）

明が本当の身分を明かしていないせいもあるだろうが、こればかりは血筋を感じてしまう。

雨蘭は喜ぶ家族の手前、仕方なく「精一杯頑張ります」と答えた。

＊

「明様！　先に家族を味方につけるなんて卑怯です！」

家族を廟の門まで見送った後、雨蘭は全力疾走で北の離れに突撃した。

ようやく明に文句を言うことができたが、時既に遅しというやつである。

「家族の生活を保証するというのはお前との約束だからな。安心しただろう」

先に応接間から切り上げた明は、欠伸をしながら巻物に筆を走らせている。

「それとこれとは話が違います。ですが、兄のことはありがとうございました」

強引に話を進めようとしていることはいただけないが、兄の元気な姿を見ることができたのは嬉しかった。

雨蘭が頼んだわけでもないのに、いつの間に医者を手配してくれていたのだろう。

「良かったな」

「はい」

(自分勝手で横暴なようで、さりげなく優しいんだよな)

雨蘭は作業する明の姿をしばらく眺めた。

梁が復帰して仕事が落ち着いたのか、部屋は片付き、明の横顔にもどこか余裕がある。

「話があるなら座ったらどうだ」

「……失礼します」

雨蘭が勉強する時に使っていた椅子は、以前と同じ場所――執務机の前に置かれていた。

大人しく座って待ってみるが、彼が手を止める気配は一向にない。雨蘭に文句を言う隙を与えないように、わざと忙しいふりをしているようにすら思えてくる。

「明様は本当に私を嫁として迎えるつもりですか」

「ああ」

「私はまだ納得していません。勝手に話を進められても困ります」

皇太子と知る前の感覚で強気に直談判をする雨蘭だが、本来であれば拒否権など与えられていない。

国の最高権力者が「結婚する」と言ったなら、相手が田舎娘であろうと猪であろうと、結婚できないわけがないのだ。

「どうしたら納得する」

「分かりません」

明はようやく筆を置き、雨蘭に真剣な眼差しを向ける。

「後宮という場所が嫌なのか？ それなら安心しろ。今の後宮はもぬけの殻だ。娶ろうと思えば何人でも娶れるが、そのつもりはない」

恵徳帝が一度後宮を解体したため、市井で噂されるような悪しき文化は残っていないと明は語る。

（え？ 私以外を娶るつもりはないって言ってるように聞こえるんだけど……）

「後宮がどうこうよりも、私のような庶民が皇族に嫁ぐなど、身分不相応極まりないと思うんです」

雨蘭が後宮に入るのだとしても、彼は由緒正しいどこかの娘を正妻として囲うべきだろう。

「この後、暇だな？ 皇帝のところに顔を出しに行く。準備して待っていろ」

「ええ、おじいちゃんの家に遊びに行く、みたいな気軽さで言わないでくださいよ……」

雨蘭は仕方なく宿舎に戻り、梅花に「そろそろ自分で化粧の仕方を覚えなさいよ」と小言を言われながら正装の準備をした。

＊

「ようやく話がまとまったか、明啓」

急な来訪だったというのに、皇帝陛下は随分嬉しそうだ。自身の二倍はありそうな椅子に座り、二人を迎えてくれる。

雨蘭は最近燕に教えてもらったことを思い出し、膝をついて挨拶をした。

「おお、おお、どこのご令嬢かと思ったら雨蘭か。見違えるように美しい。明啓にしては良い贈り物をしたな」

雨蘭は思わず「えっ」と声を上げ、隣に立つ男を見上げる。

明は否定も肯定もせず、これまでにないほど真剣な表情で、真っすぐ前を見据えていた。彼は祖父と孫としてではなく、皇帝とその後継として振る舞おうとしていることが伝わってくる。

「先日伝えた通り、彼女にはいずれ後宮入りしてもらうつもりでいます」

「勿論だ。翡翠宮を使ってもらいなさい。古すぎるようであれば好きに改築して構わない」

陛下の言葉の節々には、喜びが滲み出ている。

女性に興味がなかった孫が、やっと嫁を迎える気になってくれて嬉しい、といったところだろうか。

「後宮入りに不満があるのなら、この人に言っておくと良い」

明は突然、雨蘭に話を振る。

「不満といいますか、私のように身分の低い人間が、形式だけだったとしても明様と夫婦になって良いものか、恐縮でして」

不満という言葉に陛下の表情が曇ったことに気付いた雨蘭は、慌てて話を和らげた。

明はなかなかに策士だ。結婚を喜ぶ陛下を前にして、気乗りしませんとはっきり言えるわけがない。

「構わん、構わん。翡翠宮に住んでいた皇后——明啓の祖母も、後宮入りをする前は庶民と変わらない立場だった」

陛下は白髭をいじりながら、懐かしそうに頷く。言葉の雰囲気からして、皇后様は既に崩御されているらしい。

「素敵な方だったのでしょうね」

「ああ、それはもう気立ての良い、可愛らしい人でなぁ」

「その話を聞くと二日はかかるから止めておけ」

昔話が始まりそうになったのを明が止めた。恵徳帝は愛妻家だったのだろう。

「他には何かあるかな？」

「他……私は田舎で畑を耕しながら、家族仲睦まじく暮らすのが夢でした。なので後宮に入るというのは、私の理想とは少し異なるかな、と……」

言い淀む雨蘭に、陛下は解決策を持ちかける。

「ふむ。簡単なことだ。翡翠宮の敷地に畑を作って暮らせば良い」

（だ、駄目だ……何を言っても明様のもとに嫁ぐ未来を回避できそうにない……）

「もうお手上げです」

「そうだろう。さっさと諦めることだな」

どうやら雨蘭が後宮入りするのは避けられないらしい。

後宮に入れば、故郷に残してきた家族の生活は今後一切心配する必要がなく、雨蘭自身も何不自由ない生活を送ることができる。

格式高い生活に窮屈な思いはするだろうが、生活を保証してもらう代償だと割り切れば良い。

（家族の暮らしを支えるという当初の目的は達成されるし、悪い条件ではない、か……。でも、明様は本当にこれで良いのかな）

端正な顔をした隣の男をちらりと見る。

彼は雨蘭が帰りたがっていると思ったのか、「また顔を出す」と言って陛下との話を切り上げ、さっさと謁見の間を出て行こうとした。

「雨蘭や、孫たちのことをありがとう」

陛下は残された田舎娘に向かって、穏やかに微笑みかける。

「いえ、私は何も……」

「私ももう長くない。これからもよくしてやってくれ」

雨蘭は再び膝をついて陛下に挨拶をしてから、先行く明を追いかけた。

「皇帝の許可を得てもまだ不満か」

帰り道、馬上で明は呟いた。

「何のことですか」

「結局、お前は俺と夫婦になりたくないだけだろう」

（またその話……。明様、そういうことに関心が薄そうなのに、意外と気にしているんだな）

「明様が嫌なわけではないのですけど、ただ、なんというか」

「それなら何が不満なんだ」

不満、というよりは腑に落ちないという言い方が正しいだろうか。

何故躊躇いを覚えるのか、雨蘭自身も分かっていない。

「明様だって、別に私のことが好きなわけではないですよね？　人としてはそれなりに好ましく思っていただけているのでしょうが」

雨蘭は自分の口から出た言葉にハッとする。

（そうだ、私、一度も明様に好きだって言われてない！）

好ましいとは言われたが、あれは恋愛感情から来る「好き」ではないだろう。雨蘭が聞きたいのはもっとこう、胸がときめくような──。

（ん？　胸が、ときめく？　ときめいたら恋愛的な好きってこと？）

そういえば近頃、頻繁な動悸に悩まされていたが、ドキドキするのはいつも決まって明といる時だった。

（もしかして、あれは動悸じゃなくて、明様にときめいてた？　そうだとしたら、何だか私ってとても明様のことが好きで、まるで好きって言ってもらえないことに拗ねてるみたいじゃない……！）

世界の理を覆すような大発見に、雨蘭は顔を真っ赤にさせて震える。

一度自覚すると、全てが繋がる。明のことを異性として意識しているからドキドキしたし、彼の選ぶ大切な人を想像して胸が痛んだ。

明は利害一致のために結婚を望んでいるのであって、雨蘭のことが好きなわけではない。そう思うと胸がきゅうっと締め付けられる。

身分が違いすぎて理性が押し止めていたが、心はずっと明が好きだと示していたのではないか。

「俺はいつも言葉が足りないのだろうな」

雨蘭は「え？」と振り返る。明は頭を掻きむしったと思ったら、急に進路を変えた。同乗しているのが普通の女性であれば、馬から振り落とされていただろう。

「明啓様⁉」

「ご苦労だった、お前らは宮廷に戻れ」

突然の出来事に慌てる護衛たちを残し、明の馬は軽快に走り出す。

「え？　ええ？　ちょっと明様、どこへ？」

馬は来た道を戻り、そこから脇へと外れて坂を上った。しばらく行くと、美しい湖が見えてくる。

少し辺鄙なところにあるにも拘らず、ほとりには寄り添う男女の影がちらほらあった。恋人たちの憩いの場所なのかもしれない。

夕暮れ時ということも相まって、その場のしっとりした雰囲気に緊張しながら、雨蘭は明に続いて馬から降りる。

「少し待っていろ」

彼は道端で物売りをしている老婆の元へ行くと、白い花束を手にして戻ってきた。それをずいと差し出して、真剣な声で言う。

「好きだ」

「へ？」

一体、何が起きているのだろう。雨蘭はぽかんと口を開け、瞬きを繰り返す。

（明様が……私を、好き……？）

あまりに突然の出来事で、結婚をするために形だけの言葉をくれたのだろうかと思ってしまう。

ぽかんとしている雨蘭に焦れたのか、彼は頭を掻いてもう一度言った。

「変な伝え方をしたせいで、お前は勝手な解釈をしたままのようだが、俺はお前のことが好きだよ、雨蘭」

今度は一度目よりも甘やかな声だった。明は緊張の面持ちで真っ直ぐ雨蘭を見つめている。

出会った頃は会話をすることすら嫌がっていたあの明が、花束を差し出し「好き」だと言う。狐につままれた気持ちになりながら、雨蘭は花束を受け取った。

「明様は花嫁探しから逃れるために、手頃な私を選んだのですよね？」

「違う。誰も選ばない選択もできた」

雨蘭は「では何故私を選んだのですか」と聞こうとして、話が堂々巡りしていることに気づく。

答えは聞くまでもない。雨蘭の手にある白い花とともに受け取った言葉の通り、「好き」だからだろう。

驚きで止まりかけた心臓がトクトクと動き始める。

「その、明様の言う好きというのは……」

「こういう意味だ」

腰を引き寄せられたと思ったら、額に唇を落とされた。

「そう、ですか」

自分から行動に移した癖に、明は真っ赤になった顔を手で覆ってしまった。雨蘭も相手の顔を直視できず、唇を噛み締めて俯いた。何とも言えない時間が二人の間を漂う。

全身が熱い。体中の血液が沸騰しているかのようで、鼓動が耳まで響いてくる。

もしかしたら、明も雨蘭と同じようにドキドキしているのだろうか。

「いつどこに、私を好きになる要素があったのでしょう」

雨蘭は声を震わせながら聞く。

「さぁな。気づいた時には手遅れだった」

「手遅れって」

「お前が倒れた時には気づいていたが、受け入れるまで時間がかかった。なんせ、お前は変な奴だったからな」

顔を見ずとも微笑んでいるのが分かるくらい、明の声は優しい。

「でも、変なところが好きなんですよね？」

雨蘭は緊張を紛らわせるため揶揄い半分でそう言ったが、明は真面目に肯定を返す。

(わ、わぁ)

雨蘭の思考は停止する。

嬉しい。好き。どうしよう。

単純な言葉しか出てこない。いつものツンツンした彼はどこへ行ってしまったのだろう。

雨蘭は予想外の甘い一撃に倒れてしまいそうになるのを堪え、必死に声を絞り出す。

「明様……」

「何だ、断ことわろうたって無駄だからな。俺への恋愛感情がないことはとうに分かっている」

だから外堀を埋めるような手を使ってしまったのだと、明は拗ねた口調で言う。

「後宮入りは仕事と思ってくれて構わない。望むのなら女官と同じように過ごせば良い。ただ、俺はそうは思っていない。――これからは全力でお前を落としにいくからな」

そう宣言すると、彼は恥ずかしそうにそっぽを向いた。

普段から素直でない人だ。想いを告げるのには覚悟がいっただろう。それでも、真っ直ぐ気持ちを伝えてくれた。

未だ夢見心地だが、彼の真摯な言葉と照れた表情を見れば、本気で好いてくれていることがはっきり分かる。

「あの、明様」

「否定の言葉なら不要だ」

「違います」

(私も明様のことが好きなんです。本当はたぶん、ずっと前から貴方(あなた)の大切な人になりたいと思ってた)

倒れた時、明の存在にほっとしたこと、明が他の誰かと結婚する未来を想像して寂しく感じたこと、宮廷からの帰り道に手を繋いでドキドキしたこと、思い返せば全て明のことが好きだからそうなったのだ。

このことを伝えたら、この人はどんな表情を見せてくれるのだろう。

「明様、私も貴方のことが好──」

「ちょっとそこのお兄さん」

雨蘭が想いを告げようとしたところに、腰の曲がった老婆が割り込んでくる。

老婆はずずいと明に迫り、顔をじっと見つめたと思ったら、無遠慮に手のひらまで確認する。

「おい、突然何だ」

「これは良くない、良くないぞぉ〜っ！　離縁の相が出ておる。お主、冷たい態度をとることが多いじゃろう。そういう男はそのうち女に見放される」

見知らぬ老婆の言葉に明は顔を顰める。

「ありがたい言葉をどうも。そうならないよう気をつけることにする」

「お主は離縁の相が出ているから気をつけるだけではいかん。この数珠を買いなさい」

明は老婆を振り払おうとするが、彼女はめげずに付き纏う。腰が曲がっているとは思えない、驚きの俊敏さだ。

この老婆は呪術師というよりは、しつこい物売りの類だろう。

雨蘭であれば正面を切って戦うこともできるが、一介の庶民、それも腰の曲がった老婆にたじたじな皇太子というのは見ていて面白い。

「明様、高い物でなければ買ってみたらどうですか」

「お前はこの老婆の言うことを信じるのか」

「うーん。確かに、普段からもう少し、分かりやすい優しさを見せてくれたら嬉しいかもしれません」

冗談のつもりだったが、想像以上に明には響いたらしい。神妙な顔で老婆に言われるがまま、自分と雨蘭の分まで数珠を買い上げた。

「とんだ邪魔が入った。先程言いかけていた言葉だが……」

「仕切り直すことにします。伝える時間ならこれからたくさんあると思うので」

雨蘭はへへっと笑い、買ってもらった水晶石の数珠を左腕に通す。夕暮れの橙の中できらきら輝いて美しい。

後宮での暮らしも楽しいものだったら良いな、と雨蘭は思う。躊躇いはいつの間にか消えていた。

エピローグ

（ついにこの時が来てしまった）

今日は後宮入りの日だ。緊張のあまり口が乾いて仕方ない。

（よりにもよって移動が牛車とは……遅い、遅すぎる！）

雨蘭は牛が牽く屋形の中にぽつんと座り、宮廷に辿り着くのをただひたすら待っていた。廟を出発して随分経つが、一向に到着する気配がない。歩いた方が早いくらいの進度だ。

お姫様も楽ではないな、と雨蘭は溜め息をつく。

雨蘭の牛車は皇帝軍の武人たちに囲まれ、厳戒態勢下にある。それに続いて、嫁入り道具を載せた複数の車もぞろぞろ宮廷に向かっていた。

何事かと道に出て眺める民衆は、まさか田舎娘の嫁入りだとは思わないだろう。

（女官たちに舐められないようにしないと。最初が肝心って梅花さんも言ってたし）

雨蘭が緊張しているのは、今日が後宮の使用人たちとの初顔合わせになるからだ。

長年宮廷に仕えている女官たちはかなりの力を持っていて、舐められたら最後、主人に対しても容赦なく嫌がらせをしてくるだろうと梅花に脅されていた。

できる限り仲良くしたいものだが、雨蘭の場合、出自からして望み薄である。自分より格下相手に仕えることになり、反感を抱く者も多いだろう。

牛車がようやく後宮に辿り着き、これから暮らすことになる翡翠宮と思わしき建物の前で停(と)まる。

「雨蘭様、こちらにどうぞ」

楊美と同じような年頃の女官に案内され、雨蘭は外に降り立った。

一生懸命手入れした雨蘭の髪を、さぁっと風が撫でる。

女官たちが横一線に並び、雨蘭に対して深く頭を下げている。まるで皇帝陛下訪問の練習風景を見ているかのようだった。

そのような真似はしなくて良いと言いたかったが、梅花に立場を自覚して堂々と振る舞えと言われていたので、雨蘭は精一杯、高貴な女性の真似をした。

「素敵……」

翡翠宮を前に、雨蘭は呟く。

翡翠宮の名の通り、美しい翠(みどり)で塗られた飾り門があり、その奥に落ち着いた造りの建物が広がっている。

「雪玲(しゅうれい)、ご案内を」

女官のまとめ役らしき女性が紹介したのは、まだ若く初々しい少女だった。恐らく雨蘭よりも歳下だ。

「これから雨蘭様の世話役を務めさせていただきます、雪玲です！　まだ後宮に来たばかりの若輩者ですが、よろしくお願いします」

頰を紅潮させ、緊張の面持ちで挨拶をする可愛らしい女官に、雨蘭はほっとする。

「よろしくお願いします。貴女のような若い子がいてくれて良かった」

建物の中は雪玲が一人で案内してくれた。若い女官をつけることになったのは、意地悪ではなく明の配慮らしい。

「雨蘭様の嫁入り道具、数もですけど、素晴らしい品々でしたね」

「皇太子が贈られたそうよ。寵愛っぷりが窺えるわね」

「気を引き締めてお仕えしなければ」

時折、女官たちが物陰でひそひそ話す声が聞こえてくる。ひとまず雨蘭の文句を言っている人間は一人もいないようだ。

「女官の間では雨蘭様の話題で持ちきりです。なんでも、庶民の出であるにも拘らず、壮絶な女の戦いを制し、陛下にも皇太子にも愛されているのだとか！」

雨蘭が女官たちの内緒話を気にしていることに気づいたのか、雪玲は無邪気に話しかけてくる。

「え、ええ……？」

「聡明で美しく、優しい方だと伺っておりました。そんなお方にお仕えできるなんて幸せです」

（この子は一体誰の話をしているのだろう）

梅花と間違えていないかと、雨蘭は不思議に思う。

建物の中を一周して戻ってくると、嫁入り道具が次から次へと運び込まれていた。それだけでなく、玄関付近は何やら騒がしい。

「明啓様！　私どもが呼んで参りますので奥の部屋でお待ちを！」

「お茶をお出しします、こちらへどうぞ」

「顔を見に来ただけだ、すぐに戻る」

（あ、明様）

長身の男は雨蘭の存在に気づくと、丁重にもてなそうとする女官を振り切ってやって来る。

「無事着いたか。ここはどうだ、快適に過ごせそうか？」

「はい。色々とお気遣いをありがとうございます」

「梅花もじき到着するだろう。困ったことがあれば何でも言え」

明は女官たちの前であるのに構わず、雨蘭の腰に手を回した。彼の優しい匂いに安心する一方で、甘ったるい眼差しがくすぐったい。

（ううっ、大切にされてるみたいで嬉しいけど、恥ずかしいっ……！）

このところ、明の態度はどんどん甘くなっていて、梅花も甘やかしすぎだと呆れるほどだ。雨蘭はというと、明の真っすぐな愛情に未だ慣れず、ドキドキしすぎてそのうち心臓が爆発するのではないかとさえ思う。

雨蘭は今や彼に「もっと分かりやすい優しさを見せてくれたら嬉しい」と言ったことを激しく後悔している。

（こんなことになるなら、揶揄うべきじゃなかった！）

後宮入り早々、振りほどいて周りに不審に思われるわけにもいかないので、雨蘭はむず痒い気持ちをぐっと堪える。

側に控える雪玲は、きらきらした目でこちらを見ている。玄関口の若い女官たちも、憧れや尊敬の眼差しを向けてくれているようだった。

「あの、何だか私のことが誤解されているようなのですが……」

「そのようだな。噂に恥じぬ、立派な妃を目指してくれ」

明は威厳に満ちた口調でそう言ったものの、笑いを堪えるのに必死なようだ。

雨蘭が噂と掛け離れた人間であることを、彼が一番よく知っているのだから仕方ない。

二人は視線を合わせてくすりと笑う。

「今に化けの皮が剥がれるのでご期待ください」

「翡翠宮から悲鳴が上がるのも時間の問題だな。楽しみにしておく」

明の大きな手が頰に添えられる。雨蘭はそっと目を閉じ、「仕方ない、今日だけですよ」なんて心の中で言い訳をして、柔らかな口づけを受け入れた。

雨蘭はその夜、「お前の手料理が食べたい」と言った明のために、早速翡翠宮を抜け出した。

忍び込んだ調理場で、明の計らいにより異動してきた萌夏と再会を果たすことになるのだが、それはまた別のお話。

番外編　春はまだ

「娘と結婚し、黄家に入るというのはどうだろうか」

黄龍偉は屈強な体に似合わぬ柔和な表情で言った。

仕事のつもりで呼び出しに応じた梁は、思わぬ一言に動揺する。

彼が黄家に入ることを打診した背景なら察しがつく。梁にとってはこの上なくありがたい申し出であり、断る理由もないのだが、かといって即決することもできなかった。

がらんとした部屋の中、火鉢にくべられた炭のはぜる音が響いている。数日前から急に冷え込み、奉汪国は間もなく冬本番を迎えるところだ。

「君にとって悪い話ではないと思うけれど、娘――梅花のことが気に入らないかな？あの子は気が強いから。家訓とでもいうのか、黄家の女は昔からそうらしい」

答えの出せない梁に焦れたのか、龍偉は娘の名前を口に出す。

彼が娘を溺愛していることは、宮廷に勤める官僚の間では有名な話だ。いくら寛容な人物でも、愛娘（まなむすめ）のこととなれば話は別だろう。現に「気が強い」と下げるような発言をしながらも、どこか嬉しそうである。

「いえ。むしろ僕には勿体ない、素晴らしい女性だと存じております」

「私の前だからといって忖度する必要はない」

「忖度しているのではなく、本心です。娘さんは皇妃になることを志されていたと思うので、尚更気がかりです」

龍偉の顔色を窺い言葉を選んでいることは事実だが、今述べたことに嘘偽りはない。女性に関心がないという点では、梁も明と同様だった。梁の場合、女性に嫌悪感を抱いているのではなく、仕事以外のことに関心が向かないだけであり、結婚しろと命じられればその通りにするつもりだ。

その場合、仕事を中心にしか考えられない自分でも良いと言ってくれる人間であれば、相手は誰でも良い。

ただ、梅花は当初、後宮入りを強く望んでいたはずだ。彼女は本当のところ明に選ばれたかったが、望み薄と悟った上で雨蘭の指導役として後宮に帯同することを選んだのではないだろうか。

「……」

龍偉はこめかみに手をあて、何やら悩んだ様子だ。

「娘については気にしなくて良い。君自身の率直な気持ちを知りたい」

そのひと言で梁は察する。龍偉は梁がどうしたいのかを問いたいのだ。梅花の気持ちを慮（おもんぱか）って答えを出すというのは、彼の望むところではない。

そうだとしたら、今の梁が出せる答えは一つだ。

「少しお時間をいただけますか」

「ああ。返事はいつでも構わない。どうするかは君の自由だが、前向きに考えてもらえると嬉しい」

梁は一礼をし、部屋を後にした。

黄龍偉。恵徳帝を支える最高位の官僚――丞相であり、若い頃は皇帝軍の将官を務めていた男だ。帝に振り回されている姿をよく目にするが、前に出過ぎず、かといって消極的になることもない彼の仕事ぶりに梁は尊敬の念を抱いている。

彼は確か先代の丞相に文武両道の才を見込まれ、黄家に婿入りしていたはずだ。梁に黄家に入ることを持ち掛けたのも、後ろ盾のない拾い子を次期皇帝補佐と見込み、力になってくれようとしてのことだろう。

近頃、恵徳帝からの『良い人はいないのか』圧が少ないと思ったら、まさかの補佐役からの打診である。もしかしたらこれも帝の企てなのかもしれない。

(結婚か。幸せそうな明を見ていると悪くないのかもしれないけど、僕と結婚する相手は幸せになれるのかな)

親と暮らした記憶のない梁には、結婚生活というものが全く想像できなかった。

「梁様〜!!」

前方から女官が駆けてくる。

梁は自身の目を疑った。

女官の姿をしているが正規の女官ではない。どんなに目を凝らしても、駆けてくるのは手に草の束を持った雨蘭である。

「雨蘭?」

「はい! お久しぶりです」

寒さに鼻頭を赤く染めた雨蘭は、弾(はじ)けるように笑う。

「元気そうで何よりだけれど、君は後宮にいるはずだよね」

昔ほど厳しいしきたりはないが、後宮入りした花嫁は夫の付き添いがない限り、基本的に後宮の敷地外には出られない。

今や彼女は宦官(かんがん)でもない男が一対一で会える存在ではないのだ。

「……! そうでした」

雨蘭は瞬きを繰り返した後、ことの重大さに気づいたようだ。「念のため明様には黙っていてもらえませんか?」と神妙な顔で言う。

後宮の外にいることが自然になってしまっているあたり、常習犯なのだろう。そして恐らく明もそれを容認している。

（最近やたらと宮中の警備強化を主張していたのはそのせいか）

妻のために職権を濫用している幼馴染のことを梁は微笑ましく思う。

雨蘭は『明にやる気を出させる』というお願いを覚えているだろうか。しっかり務めを果たしてくれているので、使用人として雇う代わりに、本当は何かお礼をしなければならない。

「梁様はどちらへ？」

「もう用は済んだんだ。これから戻るところ」

「それなら、お時間ありますか？　もう少しで良いものができるんです」

雨蘭は目を輝かせる。手に持っている草を何に使うのかは気になるところだが、調理場が近いことから料理中かと思われた。

「美味しいものかな？」

「見てのお楽しみです」

「それなら茶室で待つよ」

明はすっかり彼女に胃袋を摑まれているようなので、どんな料理が出てくるのか期待が膨らむ。梁は待つついでに、今や自身の管轄下にある茶室へと顔を出すことにした。

例の事件により存続が危ぶまれていたところ、せめてもの贖罪（しょくざい）に梁が管理責任を負うと買って出たのだ。

「梁様、こんにちは」

茶室の青年は梁に気づくとぱっと顔を輝かせる。

「変わりない？」

「はい、相変わらず暇です。今お茶を淹れますね。西方の国から、珍しい茶葉が入ったんです！」

静が育てた後継は、何故か梁に懐いていた。

（全てを話した時は憎まれる覚悟をしていたのだけれど……）

彼は梁を責めることも、静を哀れむこともなく、「真相を話してくれてありがとうございます」と言うだけだった。

梁は庭園の見える席に腰を下ろし、ぼんやり外を眺める。

貧しく荒（すさ）んだ北の地から、ここへ連れてこられた日のことは今でも覚えている。当時は感情表現が乏しく何を考えているのか分からない子どもであった梁に、静は随分手を焼いたようだ。

それからしばらくして、梁は琥珀（こはく）宮に引き取られ、明の乳母子であるかのように育てられた。

初めて明と対面した時、また齢七ほどだった彼が「お前が初めての臣下だ」と言ったのは忘れない。居合わせた恵徳帝は孫の横柄な発言にそれはもう怒っていたが、北の地ではその日を生き延びることしか考えてこなかった梁に、初めて生きる意味を与えてくれた言葉だった。

(明が大切な人を見つけて仕事を頑張っているのは嬉しいけど、少し寂しくもあるな)

梁はふっと息を漏らす。

「ちょっと、雨蘭！　いるんでしょ、開けなさいよ！」

戸口から金切り声が聞こえ、梁はびくりと肩を跳ね上げる。聞き覚えのある声だ。茶の準備をする青年に自分が出ると言い、梁は建て付けの悪い扉を開けた。

やはり梅花だ。まさか縁談を持ちかけられた直後に会うことになろうとは。

「雨蘭ならまだ来てないけれど、良かったら入る？」

梁はお膳で手が塞がっている梅花に微笑みかける。

「りゃっ、梁様⁉　なぜこちらに⁉」

梅花の頬が紅に染まる。いつも礼儀正しく振る舞っている彼女のことだ。友人へ投げかけたつもりの言葉を聞かれてしまい、恥ずかしく思ったのだろう。

「雨蘭に良いものができるから待つように言われたんだ」

「そういうことですか……」

梅花は恥ずかしそうに目を伏せる。梁がここにいることを聞かされていなかったらしい。

「良いものって、それのことかな」

お膳に載った鍋を見て梁は言う。

「これは駄目です。失敗作なので梁様には食べさせられません」

「梅花が作ったの？」

しばらく返事はなかったが、彼女は観念したようだ。唇を震わせて言葉を紡ぐ。

「この頃雨蘭に教えてもらっていまして……教育係のはずが申し訳ありません」

可愛い、と梁は思う。

何故料理を習っているのか。本当は誰に食べてもらうつもりだったのか。思うところはたくさんあるが、何よりも一番に、照れて小さくなる彼女を可愛いと思った。

「食べさせて。失敗作でも構わないから」

「……はい」

――君自身の率直な気持ちを知りたい。龍偉の言葉が脳裏に浮かぶ。

いつか自身が結婚するに相応しい男になれた時、隣にいるのは梅花のような可愛い人だったら良い。

視界の端にひらひらと白いものが舞っていく。一瞬花びらかと錯覚したが、雪だ。

春はまだ遠い。けれど、少しずつ、確かに近づいている。

あとがき

はじめまして。藤乃早雪と申します。

本作『皇帝廟の花嫁探し ～就職試験は毒茶葉とともに～』は、第8回カクヨムWeb小説コンテストでの受賞をきっかけに書籍化していただくことになりました。賞をいただいたことも、こうして書籍が出版されることも、未だに夢のようでドキドキしております。

既に本編を読んでくださった方は、中華風の物語なのに舞台が後宮でなく、皇帝廟であることを不思議に思われたのではないでしょうか。実は本作、ベトナム滞在中に阮朝王宮や明命帝廟を訪れた時の「ここで花嫁探しをしたら面白そう！」という妄想がきっかけで生まれた物語でした。

真の後宮ものでも、本格ミステリでもなく、ヒロインが田舎者パワーで料理や掃除を始めたり畑を耕したりする、とんでもな――げふん。風変わりなお話ですが、カクヨムで連載している時から、勉強や仕事に疲れた時、忙しない日々の中で一息つきたい時、難しいことを考えずに読んで、楽しんでもらえるお話になると良いなという気持ちで書いていました。

雨蘭が物理的にも精神的にも強すぎて、明様の出る幕がなくなってしまうのを軌道修正するのには一苦労しましたが、私自身書いていてとても楽しかったお話です。

どこか一箇所でも、くすっと笑っていただけるシーンがありましたら嬉しいです。

最後に、執筆活動を支えてくれた家族、見守ってくれた同僚の皆さん。カクヨムでの連載時に応援してくださった読者様。右も左も分からぬ私を優しく導いてくださった担当編集者様、とっても素敵なイラストを描いてくださったNardack様をはじめ、本書の出版に携わってくださった全ての皆様。

そして何より、本書を手に取ってくださった皆様にお礼を申し上げます。

本当にありがとうございました！

またどこかでお目にかかれることを願っております。

藤乃早雪

＜初出＞

本書は、2022年にカクヨムで実施された「第８回カクヨムWeb小説コンテスト」恋愛（ラブロマンス）部門で《特別賞》を受賞した『皇帝廟の花嫁探し～仮初後宮に迷い込んだ田舎娘は大人しく使用人を目指します～』を加筆・修正したものです。

◇◇メディアワークス文庫

皇帝廟の花嫁探し
～就職試験は毒茶葉とともに～

藤乃早雪

2023年12月25日　初版発行

発行者　山下直久
発行　株式会社KADOKAWA
〒102 - 8177　東京都千代田区富士見2 - 13 - 3
0570-002-301（ナビダイヤル）
装丁者　渡辺宏一（有限会社ニイナナニイゴオ）
印刷　株式会社暁印刷
製本　株式会社暁印刷

●お問い合わせ
https://www.kadokawa.co.jp/（「お問い合わせ」へお進みください）
※内容によっては、お答えできない場合があります。
※サポートは日本国内のみとさせていただきます。
※Japanese text only

※定価はカバーに表示してあります。

Printed in Japan
ISBN978-4-04-915352-1 C0193

メディアワークス文庫　https://mwbunko.com/

本書に対するご意見、ご感想をお寄せください。

あて先
〒102-8177　東京都千代田区富士見2-13-3
メディアワークス文庫編集部
「藤乃早雪先生」係

◇◇◇